Red Geller

Drei gegen die Mafia

ISBN 3-8144-1713-5
© 1989 by Pelikan AG · D 3000 Hannover 1
Alle Rechte vorbehalten
Gesamtleitung und Textredaktion:
AVA GmbH
Umschlaggestaltung: strat + kon, Hamburg
Innen-Illustrationen: Solveig Ullrich
Gesamtherstellung: Clausen & Bosse, Leck
Printed in Germany
Auflage 15 14 13 12 11 10 9 8 7 6 5 4 3 2 1

Inhalt

RANDOLPH RITTER (RANDY)

Eigentlich heißt er Randolph. Diesen Vornamen haßt er. So wurde aus Randolph eben „Randy“. Randy ist sechzehn, geht aufs Gymnasium, ist ein mittelprächtiger Schüler und kommt immer gut mit. Sport gehört zu seinen Lieblingsfächern; danach kommt Mathe, die Begabung dafür hat er von seinem Vater geerbt. Randy hat auch schon Kampfsportarten trainiert. So kann er auch etwas Karate. Er ist ziemlich groß, ohne schlaksig zu wirken. Sein Haar ist dunkelblond, manchmal mit einem Stich ins Braune. Seit seiner Geburt hängt ein Muskel am Mundwinkel schief, so daß es aussieht, als würde Randy immer grinsen, was die Lehrer schon manchmal auf die Palme gebracht hat, besonders dann, wenn sie neu waren und ihn noch nicht kannten. Randy ist da, wo „Action“ ist. Langeweile kennt er nicht. Er kann sich auch beschäftigen, ohne vor der Glotze zu hocken. Am meisten ärgert er sich über Ungerechtigkeiten. Ob in der Schule oder im Leben: Er setzt sich stets für die Schwachen ein, was ihm nicht selten auch Ärger einbringt.

TOSHIKIARA (TURBO)

Toshikiara ist Japaner und Randys Freund. Da er einen Namen hat, der schlecht auszusprechen ist, wird er kurz „Turbo“ genannt. Turbos Eltern sind verschollen. In Japan besitzt er keine engeren Verwandten mehr. Die Familie Ritter hat sich deshalb entschlossen, ihn bei sich aufzunehmen, worüber sich natürlich Randy – der ein Einzelkind ist – unwahrscheinlich gefreut hat. Turbo besucht eine deutsche Schule. Die deutsche Sprache hat er in Japan gelernt, unter anderem auch durch den Briefwechsel, den er und Randy geführt haben. Als Erbe seiner Eltern besitzt Turbo ein altes Samurai-Schwert, dem magische Kräfte nachgesagt werden. Dieses Schwert hütet er wie einen kostbaren Schatz. Er ist kleiner als Randy und trägt das schwarze Haar zu einer Bürste geschnitten. Seiner asiatischen Mentalität entsprechend, reagiert er eher bedächtig. Wenn es aber sein muß und darauf ankommt, ist der fünfzehnjährige Turbo voll da.

MICHAELA SCHRÖDER (ELA)

Michaela Schröder, auch „Ela“ oder „Möpschen“ gerufen – den letztgenannten Namen mag sie nicht –, ist die dritte im Bunde. Ela wohnt in unmittelbarer Nachbarschaft der Ritters; sie ist dunkelhaarig, trägt gern einen Pferdeschwanz, ist eine gute Judo-Sportlerin, in der Klasse irre stark in allen Fächern und liebt besonders ihren Rauhhaardackel „Biene“. Sie hat noch einen kleineren Bruder namens Michael. Ihr Vater arbeitet beim Bau. Ela ist Randys Freundin, auch wenn sich die beiden hin und wieder streiten, daß die Fetzen fliegen; das haben sie jedoch schon im Sandkasten getan. Michaela ist sehr neugierig und schafft es immer wieder, genau dort aufzutauchen, wo etwas los ist. Darüber kann sich Randy manchmal ärgern.

Ela, Randy und Turbo gehören zusammen. Diese drei Freunde bilden auch „Das Schloß-Trio“.

Red Geller

DAS SCHLOSS-TRIO
RANDY, TURBO & CO

Das japanische Schwert
Falschgeld auf der Geisterbahn
Gefährliche Agentenfracht
Die Mumie aus Kairo
Schreckensnacht im Landschulheim
Der Unheimliche mit der Goldmaske
Der Jenseits-Expreß
Geheimplan Lemuria
Alarm auf dem Reiterhof
Der Alptraum-Zirkus
Das Gespensterschiff
Jagd nach Peter Ritter
Drei gegen die Mafia

1. Simon Augustus

Selten herrschte in der Klasse eine derartig ungewöhnliche Stille wie heute. Da hätte man selbst das Fallen der berühmten Stecknadel hören können, so still war es. Eine gespannte Erwartung lag über dem Raum, die sich auch auf den Gesichtern der Schüler widerspiegelte. Bei manchen funkelten die Augen in einer gewissen Vorfreude, bei anderen war der Mund zu einem breiten Grinsen oder Lächeln verzogen. Alle warteten sie nur auf ihn.

Simon Augustus, so hieß er richtig. Referendar, Lehramtsanwärter oder wie man es sonst noch nannte. Jedenfalls gab er Englisch, und seine Stunden waren immer etwas Besonderes.

Ein Knispel hoch drei, ein Tontilon, ein Hirnie... Es gab zahlreiche Spitznamen für den Pauker, einer jedoch hatte sich besonders herauskristallisiert, obwohl er eigentlich kein Spitzname war. Die Schüler hatten es sich einfach gemacht und sprachen seinen Namen englisch aus.

Seimen Ägastes.

Randy Ritter war auf die Idee gekommen. Eine Überlegung von Sekunden, dann hatte er den Namen gehabt, und die anderen waren begeistert gewesen.

Randy saß in der ersten Reihe, was ihm nicht paßte, doch Herr Neuhaus, ihr Klassenlehrer, hatte darauf bestanden. Er hatte einige Kameraden auseinandersetzen müssen, denn die stellten sonst den ganzen Unterricht auf den Kopf und trieben es zu bunt.

Außerdem war vor zwei Wochen ein neuer Schüler in die Klasse gekommen. Ein Italiener, Franco Saracelli. Er war neben Randy gesetzt worden, der etwas auf ihn achtgeben und ihm die Scheu nehmen sollte.

Franco war in Ordnung. Er hatte sich als starker Typ rausgestellt und war voll akzeptiert worden.

An diesem Morgen allerdings fehlte er, so konnte sich Randy bequem hinsetzen. Er hatte die Beine nicht nur ausgestreckt, sondern sie sogar halb auf den Tisch gelegt und seine Chefhaltung, wie er es nannte, eingenommen.

Einer Mitschülerin, sie hieß Nicole und ging im Moment als Mischung aus Punk und Schulmädchen, paßte die Haltung nicht. „Hockst du bei euch zu Hause auch immer so rum?"

„Nein."

Randy grinste zu ihr rüber. Sie sah wieder stark aus. Das Haar ansich trug sie ja „fromm" geschnitten, glatt, halblang und so, aber die Farbe, die war schon irre.

Grün, nein, rot. Es kam darauf an, von welcher Seite man Nicole anschaute. Im Moment zeigte sie ihre grüne. Ob das eine besondere Bedeutung hatte, wußte Randy auch nicht.

„Da liege ich immer auf dem Tisch."

Die Lippen hatte sie grau angemalt. Jetzt verzog sie die Mundwinkel, als hätte sie etwas Saures gegessen. „Das möchte ich sehen, eh..."

„Kannst du gar nicht."

„Wieso?"

„Weil du gar nicht so weit kommst. Bei uns herrscht Gesichtskontrolle. Da fällst du durch."

Sie streckte Randy die Zunge heraus. „Witzig, echt..."

„Er kommt!"

An der Tür stand Ecke und hielt Wache. Ecke hatte, wie sein Spitzname schon sagte, breite, eckige Schultern. Er hielt die Klinke fest, die Tür stand spaltbreit offen, er schaute noch einmal in den Flur und nickte dann in den Klassenraum hinein, bevor er die Tür schloß.

Im nächsten Augenblick veränderte sich die Szene. Vier Schüler sprangen auf und zogen die Rollos vor die Fenster. Dämmerung erfüllte den Klassenraum.

„It's your turn, Igel!" rief ein Mädchen.

Igel war der Kleinste in der Klasse. Mit ihm war alles abgesprochen worden. Er huschte wieselflink von seinem Platz nach vorn, wo der Metallpapierkorb stand. Igel, wegen seiner Stoppelfrisur so genannt, kletterte blitzschnell in den viereckigen Behälter, machte sich noch kleiner und setzte sich hin.

Ein anderer drückte auf seine Schultern.

„Klemm mir doch nichts ein, du Knallkopf!" beschwerte sich Igel, der im Korb saß wie ein Häufchen Elend.

Auch Ecke kam. Er und zwei andere hoben den Papierkorb in die Höhe. „Huch, ich kann fliegen!“ rief Igel und bewegte dabei seinen Kopf hin und her.

Sekunden später mußte er jedoch ganz still sitzen. Die Jungen stellten den Papierkorb nämlich auf einen halbhohen Schrank, einem Sideboard ähnlich.

„Alles klar?“

„Ja, Ecke!“

So rasch wie möglich nahmen die Schüler wieder ihre Plätze ein. Auch Randy setzte sich. Sein Mund hatte sich ebenfalls zu einem Lächeln verzogen.

Sie zählten die Sekunden. Es war immer das gleiche: Sobald man Simon Augustus sichtete, dauerte es etwa noch zwanzig Sekunden, bis er eintrat.

Wenn er die Tür öffnete, hörte man zuerst sein Hüsteln. Das schickte er immer als Warnung vor, obwohl es nicht ernstgenommen wurde. Auch heute verhielt er sich nicht anders. Nahezu vorsichtig öffnete er die Tür des Klassenzimmers.

Das Hüsteln. Irgend jemand kicherte hell.

Dann die Schritte. Er kam, sah – und staunte.

„Also bitte, was ist das denn? Weshalb habt ihr das Klassenzimmer verdunkelt?“

Wie eine Statue war er drei Schritte nach der Tür stehengeblieben, schon in Höhe der letzten Reihen.

Niemand rührte sich.

Simon Augustus räusperte sich. „Ich habe euch etwas gefragt und möchte eine Antwort bekommen. Wer meldet sich freiwillig?“

„Keiner!“ rief jemand.

„Dann werde ich einen Schüler bestimmen. Franco Saracelli, was hat das zu bedeuten? Weshalb hockt ihr hier im Halbdunkeln?“

Keine Antwort...

„Sprichst du nicht mehr mit mir, Saracelli?“ Die Stimme hatte einen leicht drohenden Klang bekommen.

„Er kann nicht“, meldete sich ein Mädchen. Es war wegen der schlechten Lichtverhältnisse kaum zu erkennen.

Augustus ging einen Schritt vor. „Und weshalb kann er nicht, bitte sehr?“

„Weil Franco heute fehlt.“

„Ach so, hm.“ Er strich über sein Kinn. „Stimmt das auch, Randy Ritter?“

„Sie können ja nachschauen, Herr Augustus.“

„Nun ja, ich ... ähm ... gut, wechseln wir das Thema. Draußen scheint, wenn mich meine Augen nicht getäuscht haben, die Sonne. Weshalb hockt ihr hier im Dunklen zusammen?“

„Das liegt an unserer Stimmung!“ rief jemand.

„Tatsächlich?“

„Uns ist so weihnachtlich zumute!“ kicherte Nicole.

„Im Frühling?“

„Wie Sie sehen.“

Simon Augustus räusperte sich. „Jetzt macht mal keinen Quatsch hier, sondern ...“

Plötzlich stockte er mitten im Satz. Hinter ihm und sogar von etwas weiter oben klang eine dünne Stimme auf. Man hörte sofort, daß es ein Junge war, der sang, auch wenn er versuchte, seinem Gesang einen besonders hohen Klang zu geben.

Ein Weihnachtslied, etwas verfremdet, tönte durch den Klassenraum. „Vom Himmel hoch, da komm ich her – ich habe keinen Bock heut mehr ...“

„Ruheee ...!“ kreischte Augustus, der sich auf der Stelle drehte, als wäre ein Kreisel losgeschnellt.

„Mehr Text kenne ich auch nicht, Herr Augustus.“

„Licht an!“

Ecke erhob sich müde aus der letzten Reihe und fuhr mit der flachen Hand über den Schalter.

Zuerst flackerten die Leuchtstoffröhren, dann wurden sie gleichmäßig hell. Im Klassenraum gab es keine dunkle Insel mehr. Dafür die grinsenden Gesichter der Schüler und natürlich das verdutzte des Lehrers.

Simon Augustus war schon eine Figur. Herrlich, direkt was für ein Witzblatt.

Also, sein Alter war schwer festzustellen. Er konnte 25, aber auch 35 Jahre alt sein. Bohnenstangenlang war er, ziemlich

dürr, im Gesicht knochig, und die Haare verteilten sich wie Büschel nur auf der hinteren Seite des Kopfes, auf der vorderen hatten sie sich schon zurückgezogen. Das Gesicht sah irgendwie grau und traurig aus. Zum Glück wuchs die Nase so lang daraus hervor, daß deren kräftiger Rücken das Gestell der Hornbrille halten konnte. Die Brille hatte dicke Gläser, hinter denen die Augen wie dunkle Teiche funkelten. Im Gesicht fiel noch das eckige Kinn auf, unter dem ein Hals begann, der wie eine mit dünner Haut überzogene Röhre aussah. Unter der dünnen Haut waren die Adern zu sehen. Sie erinnerten an blaue Drähte oder Bänder.

Angezogen war Herr Augustus wie immer. Braune Cordhose mit ausgebeulten Beinen, einem dünnen grauen Pullover und einer gelbbraunen Jacke. Die Schuhe hatten auch schon bessere Zeiten gesehen. Vor acht Jahren waren sie topmodern gewesen, jetzt kam ihre runde Form von neuem wieder in Mode. Da die Hosenbeine oberhalb der Knöchel endeten, blitzte ein breiter Rand der gelben Socken hervor.

Das also war Simon Augustus, wie er leibte, lebte und lehrte.

Jetzt stand er da und staunte. Sein Mund blieb offen, die dünne Haut am Hals bewegte sich zuckend, als er schluckte, wobei sein Adamsapfel leicht tanzte.

Igel hockte wie ein Häufchen Elend eingeklemmt in seinem Papierkorb und wußte nicht, ob er lachen oder weinen sollte. Er entschied sich für ein Mittelding zwischen beiden und grinste. „Hallo, Seimen Ägastes!“ rief er mit Piepsstimme. „Wie ist die Luft da unten. Bei mir ist sie besser, ehrlich.“

„Eigentlich steigt der Gestank doch immer nach oben!“ konterte der Lehrer und schob seine Hände in die Hosentaschen.

„Aber nicht bei uns.“

Herr Augustus nickte. „Doch, ich rieche, daß hier einiges faul ist. Sehr viel sogar.“

„Was soll denn faul sein?“ fragte ein Schüler, der in den ersten Reihen saß.

„Eure Hirne sind faul. Ich frage mich manchmal, ob ich es mit denkenden Menschen oder etwas anderem zu tun habe.“ Der junge Lehrer schüttelte den Kopf. „Wie kann man nur derart dumm sein, diesen Jungen in einen Papierkorb zu klemmen und ihn dann auf den Schrank zu setzen? Sagt mal, seid ihr eigentlich noch normal?"

Die Schüler blieben still. So hatten sie Herrn Augustus noch nie zuvor reden gehört. Die Stimme klang völlig anders. Sie hatte einen sehr scharfen Unterton bekommen. „Ja, ich frage euch, ob ihr noch normal seid? Das ist doch nicht möglich. Habt ihr eigentlich darüber nachgedacht, was passieren kann? Euer Mitschüler sitzt in einem Papierkorb. Er hat die Arme eingeklemmt, der Korb steht dicht an der Kante des Schranks. Es braucht nur einer gegen den Schrank zu stoßen, schon ist es passiert. Dann fällt er, der Junge kann sich nicht fangen oder abstützen und schlägt mit dem Gesicht zuerst auf dem Boden auf. Was er sich dabei brechen kann, dürfte selbst dem Dümmsten von euch klar sein. Eine Gehirnerschütterung wäre noch harmlos." Herr Augustus schüttelte den Kopf. „Ehrlich, ich hätte euch für klüger gehalten. Aber man lernt eben nie aus, was die Menschen angeht. So, und jetzt will ich, daß Igel vorsichtig heruntergeholt wird. Wer meldet sich?"

Alle Schüler wollten es. Vier reichten aus, unter ihnen befand sich auch Randy Ritter.

Niemand lachte mehr. Die Worte des Lehrers waren nicht ohne Folgen geblieben. Die Jungen und Mädchen dachten darüber nach, daß sie mit dieser Aktion ein Eigentor geschossen hatten.

Ohne Aufforderung zogen sie die Rollos hoch, so daß wieder Sonnenlicht in den Klassenraum fluten konnte.

Igel kletterte aus dem Papierkorb. Etwas blaß und mit leicht zitternden Knien schwankte er zu seinem Platz.

Herr Augustus ging zum Pult. In der rechten Hand hielt er den Bügel seiner alten Tasche fest. „Wie heißt es noch so schön bei euren Spontisprüchen? Kapieren geht über studieren. Das merkt euch mal." Bevor er sich setzte, schaute er auf die Stuhlfläche. Es hatte schon mal ein nasser Schwamm dort gelegen. Jetzt war sie trocken.

„Wer ist denn der Klassensprecher? Du, Randy, nicht?"

„Ja."

„Das hast du zugelassen?"

Auch Randy Ritter war nachdenklich geworden. „Wir wollten uns nur einen Scherz machen."

„Es war ein verflixt schlechter, junge Damen und Herren. Darüber würde ich nie lachen können." Er rückte seine Brille zurecht und sprach weiter. „Eigentlich müßte ich eine Meldung an den Direktor machen. Was dann geschieht, ist euch bestimmt klar. Es wird eine Untersuchung geben und eine allgemeine Bestrafung der Klasse. Kollektiv-Bestrafung nennt man so etwas. Möglicherweise würden eure Eltern benachrichtigt, es hagelte Verwarnungen, Tadel und so weiter..."

Niemand sprach. Sie alle schauten Simon Augustus an.

„Soll ich weiterreden?"

„Bitte", sagte Randy kleinlaut.

„Gut, dann sage ich euch folgendes. Ich werde möglicherweise auf eine Meldung verzichten." Er machte es spannend, hob die Augenbrauen und legte eine Kunstpause ein.

Die Schüler schwiegen. Sie waren in die Defensive gedrängt worden. Herr Augustus, den sie eigentlich nur verlacht hatten, zeigte sich plötzlich von einer ganz anderen Seite. Diese Situation checkten sie noch nicht, daran mußten sie sich erst gewöhnen.

Randy Ritter hob den Kopf.

„Nun, Randy?"

Der Junge zögerte. Verflixt, er fühlte sich in seiner Haut unwohl. Mit der Rechten fuhr er durch sein braunes Haar. Die Falte neben dem rechten Mundwinkel zuckte. Wegen der Falte sah es so aus, als würde Randy permanent grinsen.

„Ich glaube... also, ich glaube, daß es uns allen leid tut." Er sprach so laut, daß er auch von seinen Mitschülern in der letzten Reihe gehört werden konnte.

Es widersprach niemand. Die Schüler fühlten sich plötzlich mies. Sie hatten einen Fehler begangen, dafür mußten sie geradestehen, das konnte man nicht abstreiten.

Das Gesicht des Lehrers verzog sich zu einem Lächeln. „Ich werde die Entschuldigung natürlich annehmen, und ich verspreche euch hier, daß die Sache unter uns bleibt. Das heißt, ich werde keine Meldung machen." Er hob einen Arm und deutete mit dem Zeigefinger über die Köpfe der Schüler. „Igel?"

„Ja, Herr Augustus?" Der Junge stand sogar auf. Das passierte höchst selten.

„Ich habe vorhin etwas gehört. Wie hast du mich noch genannt?"

Igel bekam einen tomatenroten Kopf.

„Los, raus damit."

„Ähm... es war nur ein Witz, wissen Sie..." Er strich mit den Handflächen über den Tisch und sah, daß feuchte Streifen zurückgeblieben waren. Er schwitzte plötzlich.

„Sag es ruhig, Junge. Ich möchte es hören."

„Ägastes." Jetzt war es heraus, und Igel zog seinen Kopf ein, als würde er sich schämen.

Herr Augustus wiederholte die Verballhornung seines Namens mehrere Male. Er sprach ihn in mehreren Tonlagen aus, die Kinder staunten sich an, einige lachten leise, bis auch Herr Augustus anfing zu lachen. „Stark, echt stark, Freunde. Ihr habt Phantasie. Darauf bin ich nicht gekommen. Früher hat man mich August genannt oder Augustus der Dürre, aber Ägastes ist neu. Ein Ehrenname – oder?"

Randy nickte ihm zu. „Jetzt bestimmt."

„Bravo", sagte jemand und klatschte.

Die anderen Schüler fielen in den Beifall ein, bis der Lehrer abwinkte.

„Eigentlich bin ich ja gekommen, um Unterricht zu halten. So, wer fehlt? Nur Saracelli?"

„Ja", sagte Randy.

„Okay. Ich werde..."

In diesem Augenblick öffnete sich die Tür. Nicht sehr hastig, mehr vorsichtig, als hätte jemand Furcht davor, das Klassenzimmer zu betreten. Ein blasses Gesicht schaute um die Ecke. Das schwarze, dichte Haar war durcheinander.

„Da bist du ja, Franco!" rief Herr Augustus. „Traust du dich nicht mehr zu uns?"

„Doch, doch."

„Dann komm."

Franco Saracelli betrat den Klassenraum. Die anderen Schüler hatten sich auf ihren Plätzen umgedreht. Jeder schaute ihn an, und es gab keinen, der sich nicht über das Verhalten des Jungen wunderte.

Franco Saracelli war als ein Temperamentsbündel bekannt. Seine Eltern waren erst vor kurzem hergezogen. Sie wohnten nun in einem Vorort von Düsseldorf und besaßen ein Restaurant. Die Saracellis wohnten schon sehr lange in Deutschland, und ihr Sohn sprach deutsch fließend, fast ohne jeden Akzent.

Er hatte sich verändert. Aus dem sonst agilen Jungen war ein völlig eingeschüchtertes Wesen geworden. Das Gesicht war blaß und trotzdem fleckig. Einige Stellen schimmerten bunt. Da wechselten sich braune, blaue und auch grüne Flecken ab.

Wie jemand, den ein schlechtes Gewissen plagte, schlich er zu seinem Platz.

Die Schüler merkten, daß etwas nicht stimmte. Keiner jedoch stellte eine Frage.

Schweigend drückte sich Franco neben Randy Ritter. Er schaute seinen Banknachbarn nicht einmal an und verzog vor Schmerz die Lippen, als er sich niederließ.

Herr Augustus hatte sich halb von seinem Stuhl erhoben und beide Hände auf das Pult gestützt. „Was ist mit dir, Junge?"

Franco schüttelte den Kopf.

„Sag es doch", bat Randy ihn.

Franco holte tief Luft. „Ich... ich... also ich kann es nicht sagen. Es ist zu schlimm." Nach diesen Worten senkte er den Kopf, legte die Stirn auf seine Unterarme und begann, bitterlich zu weinen...

2. Der Schock

Niemand sprach. Die Stille wirkte bedrückend. Sie wurde nur vom Weinen des Jungen unterbrochen.

Randy saß wie erstarrt neben ihm. Auch er hatte einen roten Kopf bekommen. Er wußte nicht, was er tun sollte, hätte Franco so gern getröstet, nur fehlten ihm die Worte.

So warf er einen hilfesuchenden Blick nach vorn zum Pult, wo Herr Augustus saß. Auch der junge Lehrer war von der Reaktion überrascht worden. Er saß wie erstarrt da. Nur seine Lippen bewegten sich, aber noch kam kein Laut hervor. Nach einer Weile, kein anderer hatte reagiert, fing der Lehrer an zu sprechen.

„Franco, bitte..."

Der Junge, er saß noch immer gebeugt, schüttelte den Kopf. Er wollte nichts hören.

Herr Augustus stand auf.

Ein Mädchen meldete sich. „Vielleicht ist was mit seinen Eltern. Ich kenne das. Nachbarn von uns haben oft Streit gehabt, bevor sie sich scheiden ließen. Da hat meine Freundin auch immer geweint, auch in der Schule."

„Wir werden mit Franco reden", sagte Herr Augustus. „Er ist einer von uns, er gehört zu uns." Neben dem jungen Italiener blieb der Lehrer stehen und legte ihm eine Hand auf die Schulter. „Willst du wirklich nichts von deinen Sorgen erzählen?"

„Nein!" Die Antwort drang dumpf aus den Maschen der Pulloverärmel hervor.

Herr Augustus ließ nicht locker. „Es wäre aber besser für dich und auch für uns."

„Nicht... hier."

Der Lehrer hatte verstanden. „Wäre es dir recht, wenn wir woanders darüber sprechen?"

Die Schüler konnten ihren Ägastes nur bewundern, mit welch einem Einfühlungsvermögen er auf den Jungen einging.

„Wo denn?"

„Nun ja, das kannst du dir aussuchen. Hier in der Klasse

nicht. Es gibt aber in der Schule genügend leere Räume. Nur wenn du willst, natürlich."

„Im Lehrerzimmer nicht."

„Daran habe ich auch nicht gedacht. Neben dem Sekretariat ist ein Zimmer, wo . . ."

„Ja, da ja."

„Dann komm, bitte."

Franco Saracelli hob den Kopf. Sein Gesicht war vom Weinen gerötet und in Höhe der Augenpartie verquollen. Er schämte sich, putzte seine Nase und wischte über die Augen. Dann schaute er Herrn Augustus an und danach seinen Banknachbarn Randy Ritter.

„Kann Randy mit?"

„Wenn du willst?"

„Gern."

„Wie ist es mit dir, Randy?"

„Natürlich. Ich gehe mit." Er schob seinen Stuhl beim Aufstehen zurück und nickte dem Lehrer zu.

Niemand der anderen Schüler sagte ein Wort, als die drei durch die Klasse gingen. Franco hielt den Kopf gesenkt. Er gehörte nicht zu den größten Schülern. Diese Haltung ließ ihn noch kleiner erscheinen.

Randy schritt hinter ihm her und fragte sich, was Franco für Probleme hatte. Er glaubte nicht an einen Streit der Eltern. Da mußte etwas anderes dahinterstecken.

Es blieb still wie in einer Kirche, als der Lehrer die Tür öffnete. Er brauchte nichts mehr zu sagen, die Schüler würden, auch wenn er nicht vor der Klasse stand, ruhig bleiben.

Ein langer Gang nahm sie auf. Die Schule war Teil eines großen Zentrums, in dem mehrere Lehranstalten untergebracht waren. Die hohen Gänge und Decken der alten Gymnasien waren einer modernen Architektur gewichen. Viel Glas, Kunststoff und Beton waren hier verwendet worden. An den Wänden glänzten Schmierereien. Graffiti nannten es die Schüler. Manches war originell, anderes einfach nur primitiv und obszön.

Das Sekretariat war bis auf die Sekretärin menschenleer.

Das Zimmer nebenan konnten sie bekommen, dort hielt sich niemand auf. Auf einfachen Stühlen nahmen sie Platz. Franco saß zwischen seinem Banknachbarn und dem Lehrer.

„Geht es dir jetzt besser?" fragte Herr Augustus.

„Ja, etwas."

„Daß du später gekommen bist, hat einen Grund gehabt, nicht wahr?"

Franco nickte. Dabei fuhr er mit der Zungenspitze über die Lippen. „Es... ich konnte nicht früher kommen."

„Lag es an deinen Eltern?"

„Si." Jetzt sprach er italienisch.

„Gab es Streit?"

„Nicht zwischen ihnen." Franco verknetete die Finger ineinander und zog sie auch in die Länge. „Es gab wohl Streit, aber da sind dann die anderen gekommen."

„Welche anderen?"

„Die Männer."

„Freunde, Bekannte, Fremde? Kanntest du sie?"

„Ich habe sie einige Male bei uns im Restaurant gesehen. Ich... ich mochte sie nicht."

„Was taten sie?"

„Sie..." Er begann zu schlucken. „Sie... sie haben meine Mutter geschlagen."

Auch Randy war entsetzt. Über seinen Rücken lief ein kalter Schauer. Wenn er daran dachte, daß es seine Mutter gewesen wäre, die man geschlagen hätte...

Seine Gedanken wurden von der Frage des Lehrers unterbrochen. „Hat dein Vater nicht helfen können?"

„Sie haben ihn auch geschlagen. Er mußte sogar zu einem Arzt gehen. Dann bin ich gekommen. Ich wollte meine Mutter beschützen, das haben die Männer nicht zugelassen."

„Sie schlugen dich auch?"

Franco hob sein Gesicht und tippte auf beiden Wangen. „Hier und hier", flüsterte er. Dann deutete er auf seine Magengrube. „Da haben sie mich getreten."

Herr Augustus sprang auf. „Das müssen wir der Polizei melden. Solche Leute nennt man Gangster."

„Nein, nein, keine Polizei. Mein Vater will das nicht. Er hat mir gesagt, daß ich ja meinen Mund halten soll. Wenn sie wiederkommen und etwas merken, dann werden sie brutal. Das hat er mir gesagt, und er weiß es von den Männern. Ehrlich, Herr Augustus. Ich bereue jetzt schon, etwas gesagt zu haben. Wenn meine Eltern das wüßten, würden sie mich bestimmt von der Schule nehmen oder so."

„Das meinst du ehrlich?"

„Ja."

Herr Augustus stand auf, ging zum Fenster und schaute durch die Scheibe auf den Schulhof. Er mußte Francos Geschichte zunächst verdauen und gab sich seinen Gedanken hin.

Franco schaute Randy an. „Es tut mir leid", flüsterte er. „Vergiß am besten, was ich gesagt habe."

„Weshalb habe ich dann mitkommen sollen?"

„Weil ich dich am besten aus der Klasse kenne. Du sitzt neben mir, ich habe Vertrauen, und man hat ja auch einiges über dich gehört oder über euch."

„Was meinst du damit?"

„Das Schloß-Trio."

Randy winkte ab. „Ach so, ja. Wir nennen uns das Schloß-Trio. Turbo, Ela und ich. Kennst du sie?"

„Ich habe euch in der Pause zusammenstehen sehen."

„Ela und Turbo sind eine Klasse tiefer."

Franco kam wieder zum Thema. Unruhig scharrte er mit den Sohlen der bunten Turnschuhe über den Boden. „Am besten wird es sein, wenn du auch alles vergißt, Randy."

„Das glaube ich nicht."

Franco horchte auf. „Wieso glaubst du das nicht? Ich hatte dich doch gebeten..."

„Solchen Kerlen muß man doch das Handwerk legen!"

Franco bekam runde Augen und beugte sich vor. Er flüsterte jetzt. „Ich will nur eines sagen – Mafia..."

Randy starrte ihn an. „Die Mafia?" hauchte er. „Diese Gangsterorganisation?"

„Ja, wirklich, die Mafia. Die sitzt doch überall. Sie arbeiten mit allen Mitteln. Es muß die Mafia sein."

„Dann müßtet ihr erst recht der Polizei Bescheid geben, damit sie diese Verbrecher stoppt."

Franco lächelte schief. „Wenn du wüßtest, mein Lieber. Man kann sie nicht stoppen. Die Mafia ist einfach zu stark und grausam. Die ist mörderisch, die ist gefährlich, die ist auch brutal. Das schaffen wir nicht. Niemand hat es bisher geschafft, sie zu stoppen. Die gewinnen immer."

„Und die kommen einfach so und schlagen unschuldige Menschen zusammen?" Randy wollte es nicht glauben.

„Ja." Franco Saracelli nickte heftig. „Wenn man nicht tut, was sie sagen, machen sie es."

„So denkst du."

„Si."

„Und alle anderen auch – oder?"

„Ich kenne keinen, der etwas anderes sagt."

„Genau, Franco, das ist das Problem. Die kommen doch nur so weit, weil alle so denken und Angst haben. Wenn mal einer aus dem Kreis herausbricht, sieht das ganz anders aus. Dann schleudern wir die Burschen bis über den Limes."

Franco lächelte karg, als er die Worte seines Banknachbarn hörte. Doch es war ein verloren wirkendes Lächeln. „Nein, nein, Randy, du siehst das nicht richtig."

„Wie soll ich es denn sehen?"

„Aus der Tradition heraus."

„Du kennst dich aus, wie?"

„Zwangsläufig. Ich habe mal ein Gespräch zwischen meinem Vater und meinem Onkel belauscht, als die sich über die Ehrenwerte Gesellschaft, wie sich die Verbrecher selber gern nennen, unterhielten. Da können dir die Haare zu Berge stehen, wenn du das hörst."

„Und weshalb hat sich die Mafia für euch interessiert?"

Franco Saracelli rieb Daumen und Zeigefinger gegeneinander. „Geld, mein Lieber, nur Geld. Das ist es, was sie interessiert. Alles andere kannst du vergessen."

Randy zeigte sich verwundert. Mit diesem Thema hatte er sich verständlicherweise noch nicht befaßt. „Habt ihr denn so viel?" fragte er leise nach, damit es Herr Augustus nicht hörte.

Franco wollte zunächst nicht mit der Antwort herausrücken. Er zog die Nase hoch und blickte ins Leere. Dabei bewegte er unbehaglich seine Schultern. „Schulden haben wir. Meine Eltern mußten einen hohen Kredit aufnehmen, als wir das Lokal einrichteten. Aber wir sind nicht die einzigen, verstehst du?"

„Nein!" antwortete Randy ehrlich.

„Die Verbrecher sahnen bei allen ab. Mal mehr, mal weniger. Es kommt darauf an, wie sie das Lokal einschätzen und natürlich den Verdienst des Besitzers."

Randy nickte. „Du bist wirklich gut informiert."

„Nicht freiwillig. Manchmal unterhielten sich meine Eltern sehr laut. Da mußte ich zuhören, ohne daß ich es wollte."

Vom Fenster her erklang ein langer Seufzer, und Herr Augustus drehte sich um. „Ich habe mir alles durch den Kopf gehen lassen", sagte er. „Also, ich wäre dafür, daß wir die Polizei einschalten. Nur sie kann etwas erreichen."

Franco Saracelli sprang auf. „Das ist schon richtig. Nur kann die Polizei nichts dagegen unternehmen, solange die Betroffenen schweigen." Er hob die Schultern. Die Geste wirkte rührend und gleichzeitig hilflos. „Es gibt keine Aussagen."

Der Lehrer schüttelte den Kopf. „Wir leben hier nicht in Sizilien, sondern mitten in Deutschland."

„Die Mafia hat auch hier Fuß gefaßt, sagt mein Vater."

Es klingelte. Das Signal läutete die große Pause ein. Herr Augustus nickte ihnen zu. „Dann geht mal raus, Kinder. Die Sonne tut gut."

„Und was werden Sie tun?" fragte Randy.

Der Lehrer strich über sein schütteres Haar. „Was ich versprochen habe, halte ich." Er lächelte Franco an. „Ich habe deine Worte sehr wohl verstanden, Junge. Keine Sorge, ich werde mich daran halten. Allerdings gehe ich gern italienisch essen. Es kann sein, daß ich dich und deine Eltern mal besuchen komme. Wie heißt denn euer Lokal?"

„Leonardo. Es ist der Vorname meines Vaters."

„Gut, wir werden uns dort bestimmt sehen. Kannst du ein besonderes Gericht empfehlen?"

Ein Lächeln glitt über das Gesicht des Jungen. „Ja, *Pesce*."

„Fisch also?"
„Genau."
„Gut, und jetzt aber nichts wie raus in den Frühling..."

Es war ihre Stammecke, in der sie sich in der großen Pause trafen. Turbo wartete bereits. Der Junge aus Japan mit dem unaussprechlichen Namen Toshikiara und dem Kampfnamen Turbo lehnte gegen den Stamm einer alten Linde und schaute zu den frischen, grünen Blättern hinauf, während er sein Vollkornbrötchen aß, das Marion Ritter, Randys Mutter, ihm eingepackt hatte. Turbo wohnte bei den Ritters im Schloß. Die Bezeichnung war vielleicht übertrieben, aber das Haus hatte etwas von einem Schloß an sich, deshalb nannten sich die Freunde auch das Schloß-Trio.

Das heißt, Michaela Schröder, kurz Ela oder Möpschen genannt, fehlte noch. Den letzten Namen konnte sie aber überhaupt nicht ausstehen und wurde zur Furie, wenn Randy sie damit ansprach.

Turbo bekam große Augen, als er Franco Saracelli sah, der neben Randy herschritt. Er wußte wohl, daß der Junge in Randys Klasse ging, doch hatte er ihn noch nicht persönlich kennengelernt.

„Kennt ihr euch?" fragte Randy.

„Nur vom Sehen."

Randy stellte die beiden vor. Turbo reichte Franco die Hand. „Freut mich, dich kennenzulernen."

„*Si*, mich auch." Er senkte den Kopf.

„Hat er was?" fragte Turbo.

Es war mit Franco abgesprochen, daß Randy seine beiden Freunde in den „Fall" einweihte. Er wollte gerade mit einer Erklärung beginnen, als sich jemand in Schlangenlinien laufend durch die Reihen der Schüler drängte, die den großen Hof bevölkerten. Leicht atemlos erreichte Ela Schröder die Stammecke.

Ela, der Wirbelwind, das Mädchen, das so gern malte, ihren Hund Biene liebte und die beste Freundin der beiden Jungen war. Ein Kumpel, mit dem man Pferde stehlen konnte, und vor allen Dingen war sie nicht so zickig, sondern eher locker bis cool.

„Hi, Fans, was ist denn...?“ Sie bekam große Augen. „Oh, wir haben Besuch bekommen.“

„Das ist Franco, er geht in meine Klasse.“

„Hi, Franco.“

„Grüß dich.“ Franco ließ seinen Blick über die Gestalt des Mädchens gleiten.

Ela trug das Haar diesmal nicht zu einem Pferdeschwanz gebunden. Oder doch? Sie hatte ihn hochgesteckt und im unteren Drittel einige verschiedenfarbige Bänder um das Haar gedreht.

An diesem Tag trug sie eine grüne Jacke mit ausgestellten Schultern, ein T-Shirt und weißgraue Jeans. Die Füße verschwanden in weichen Mokassins, auf deren Außenleder kleine Perlen in einem bunten Muster blitzten.

„Ihr habt Probleme“, sagte sie. „Das sehe ich sofort. Und dir, Franco, scheint es übel ergangen zu sein.“

„Das stimmt.“ Randy nickte.

„Wer hat dich denn in die Mangel genommen?“ fragte Turbo.

Da Franco sich nicht traute eine Antwort zu geben, übernahm Randy dies. „Es waren Mafiosi.“

„Was?“ rief Ela und bekam große Telleraugen. „Das... das kann doch nicht wahr sein.“

„Stimmt aber. Mafia-Gangster.“

„Ach du lieber mein Vater.“ Ela ging einen Schritt zurück. „Ich dachte, die gäbe es nur in Sizilien.“

„Der Meinung war ich auch“, sagte Randy. „Aber Franco weiß es besser. Ich werde es euch erzählen.“

Ela und Turbo bekamen richtige Kohlblattohren, als sie hörten, was dem Jungen und seiner Familie widerfahren war. Zwischenfragen stellten sie keine, doch an ihren Gesichtern war abzulesen, wie sehr ihnen diese Geschichte an die Nieren ging.

Hin und wieder schüttelte Ela den Kopf. Sie hätte gern etwas gesagt, hielt sich aber zurück.

„Tja“, sagte Randy zum Schluß und fügte noch ein Nicken bei. „So sieht das aus.“

Ela strich über ihr Haar. Eine Geste, die man bei ihr kannte. Sie tat es öfter, wenn sie nervös war. „Das ist aber ein Ding", flüsterte sie und schaute sich um, als wären die Mafiosi schon in der Nähe. „Mit der Mafia hatten wir es noch nie zu tun." Bei diesem Zusatz bekam sie eine Gänsehaut.

„Soll das heißen, daß du einsteigen willst?" erkundigte sich Turbo.

„Was denn sonst." Sie zeigte auf Franco. „Wir können ihn doch nicht allein lassen."

Franco widersprach. „Hör auf, Ela. Das sind Kerle, die nehmen keine Rücksicht. Hast du überhaupt schon mal etwas von der Mafia gehört? Hast du das?"

„Und gelesen."

„Romane, wie?"

„Ja, hin und wieder."

„Die Wirklichkeit ist anders. Ich will euch sagen, daß ich verflixte Angst habe."

Ela nickte. „Hätte ich auch."

Franco schaute ins Leere. „Ich weiß nicht, was meine Eltern jetzt machen werden, hoffe aber, daß sie sich nicht mit diesen Verbrechern anlegen. Sie würden immer den kürzeren ziehen. Die Mafia ist einfach zu gefährlich. In Italien ist sie ja noch schlimmer. Da gibt es Dinge, die sie verschuldet hat, meine Güte, ich wage kaum, darüber zu reden. Je mehr Italiener hier nach Deutschland kommen und Geschäfte oder Restaurants eröffnen, um so stärker ist auch die Ehrenwerte Gesellschaft vertreten."

„Wie wäre es denn, wenn wir Kommissar Hartmann um Hilfe bitten?" fragte Ela.

Franco drehte sich hastig um. „Nein!" zischte er, „nur keine Polizei. Um Himmels willen."

„Wieso nicht?"

„Dann... dann..." Er schüttelte den Kopf. „Das gäbe ein Fiasko. Die würden durchdrehen."

„Er hat recht", sagte Randy. „Wir sollten zunächst einmal abwarten, finde ich."

Turbo schnickte mit den Fingern, als hätte er eine besonders

gute Idee gehabt. „Ich finde, wir sollten noch jemand einweihen." Er lachte, als er Francos erschrecktes Gesicht sah. „Keine Sorge, das ist eine Person unseres Vertrauens."

„Alfred Meier!" platzte Ela hervor.

„Genau."

„Wer ist das?" Franco schaute fragend von einem zum anderen.

„Ein Freund unserer Familie", erklärte Randy. „Er lebt bei uns im Schloß."

„Ihr habt ein Schloß?"

Randy winkte ab. „Nicht direkt. Es ist ein großes Haus, das fast wie ein Schloß wirkt. Allein durch den Anbau, in dem mein Vater tätig ist. Er arbeitet dort. Es ist sein Labor. Und Alfred geht ihm ein wenig zur Hand. Wir können uns auf ihn verlassen."

„Wenn ihr meint. Doch meine Eltern dürfen nichts merken. Wenn die erfahren, daß ich geredet habe, um Himmels willen, da zittern mir jetzt schon die Knie."

„Nein, wir werden uns vorsehen", versprach Randy. Das Läuten der Glocke unterbrach ihn. Die große Pause war vorbei.

Ela reckte sich und hielt ihr Gesicht gegen die Sonne. „Trotz allem freut mich eines", sagte sie.

„Und was, bitte?"

Sie tippte Randy mit dem Zeigefinger gegen die Brust. „Daß heute Freitag ist und wir ein Wochenende vor uns haben. Zwei freie Tage."

„Klasse", sagte Randy und nickte. „Dazu fällt mir sogar etwas ein. Weekend mit der Mafia." Er sagte es so leise, daß Franco es nicht hören konnte. Der Junge hatte schon genug hinter sich...

Freitag – Wochenende. Nicht nur die Lehrer waren froh, die Schüler natürlich noch mehr, und so schallte das Stimmenwirrwarr noch lauter über den Hof, als die Schüler aus den Toren strömten. Die meisten rannten zu den langen Betonmauern, wo die Ständer für die Fahrräder angebracht waren.

Franco Saracelli gehörte nicht dazu. Der dunkelhaarige Junge schlenderte in Richtung Bushaltestelle. Er fuhr in die Stadt.

Randy holte ihn noch vor der Haltestelle ein. „Hast du vergessen, was wir abgemacht haben?"

„Ach so, ja, das Treffen."

„Genau."

Franco blickte auf die Uhr. „Das gefällt mir nicht. Meine Eltern werden sich Sorgen machen. Gerade in dieser Zeit."

„Verständlich, Franco." Randy schob sein Rad leicht vor und zurück. „Bist du noch nie einen Bus später gefahren oder auch zwei?"

„Ja, klar." Er schaute gegen die Sonne und lächelte leicht.

„Wunderbar, die anderen warten bestimmt schon auf uns. Wir haben noch etwas zu besprechen."

„Was?"

„Das wirst du schon sehen."

„Macht nur keinen Mist."

Randy lachte. „Das haben wir noch nie gemacht." Er setzte sich auf sein Rad, und Franco trabte nebenher.

Ela wartete bereits in der Ecke. Sie lehnte am Stamm und kaute auf einem Kaugummi, mit dem sie auch Blasen produzieren konnte. Ein rosafarbener Ballon schwebte vor ihren Lippen, der zerplatzte, als Randy blitzschnell mit dem Handrükken dagegenschlug.

„Idiot, Mensch."

„Selbst einer."

„Ha, ha." Ela putzte die klebrigen Krümel von den Lippen. Der Gummi klebte, obwohl auf der Verpackung etwas anderes stand.

Auch Turbo schlenderte heran. „Ich mußte noch das Klassenbuch wegbringen", entschuldigte er sich. Sein Rad lehnte er gegen einen Baum. „So, wie sieht es aus?"

„Wie schon", sagte Ela. „Wir machen weiter."

„Kann mir einer sagen, wie das aussieht?" Turbo schaute Randy an, der zuckte nur mit den Schultern.

Ela gab sich locker und wechselte ihre Haltung. Sie schlug ein Bein vor das andere. „Ist doch klar, wir werden heute mal bei euch essen gehen, Franco."

Der Junge schrak zusammen. „Aber ich weiß nicht..."

„Wieso? Mögt ihr keine Jugendlichen?"

„Schon." Zögernd sprach er weiter. „Ich weiß nur nicht, ob das so gut ist."

„Wissen denn die anderen Gäste Bescheid?"

„Nein, Ela."

„Na bitte. Wir sind auch völlig normale und harmlose Gäste und haben Hunger auf Pizza oder Canelloni."

„Verbieten kann ich es euch nicht, nur eben abraten. Außerdem werdet ihr es kaum merken, wenn meine Eltern Besuch bekommen, davon bin ich überzeugt. Die Gangster kommen heimlich, schlagen zu und verschwinden ebenso lautlos."

„Du kannst uns ja ein Zeichen geben", schlug Turbo vor.

„Und dann?"

„Nur so."

Franco streckte den Kopf vor. „Wollt ihr euch etwa mit den Gangstern anlegen?"

„Kaum."

„Na bitte."

„Wann öffnet ihr?" fragte Randy. Er wollte der Diskussion ein Ende bereiten.

„Um achtzehn Uhr."

„Du kannst uns einen Tisch reservieren. Wir laden dich auch zum Essen ein."

„Ich werde wohl keinen Hunger haben."

Randy hatte noch eine Frage. „Wer arbeitet eigentlich alles bei euch. Nur deine Eltern, oder habt ihr noch Kellner?"

„Drei." Franco spreizte die entsprechende Anzahl Finger ab. „Zwei sind fest angestellt, einer kommt nur am Wochenende, wenn viel Betrieb ist."

„Heute auch?"

„Logo."

Randy schaute von einem zum andern. „Tja, Freunde, dann wäre alles geritzt. Was meint ihr?"

„Alles klar." Turbo rieb seine Hände. „Wir bringen Franco noch zur Haltestelle."

„Versteht sich."

Das Schloß-Trio nahm den Klassenkameraden aus Italien in die Mitte. Franco sprach so gut wie nicht. Mit gesenktem Kopf schritt er zwischen den Freunden her. Manchmal räusperte er sich oder zog seine Nase hoch. Jeder konnte seine Lage verstehen.

An der Haltestelle hielten sich nicht mehr viele Schüler auf. Die meisten von ihnen hatten den ersten Bus genommen, nur wenige warteten auf den zweiten. Sie hockten entweder auf der von einem Dach geschützten Bank oder liefen um die Haltestelle herum. Offensichtlich mußten sie ihre Kraft loswerden, denn einige von ihnen schlugen mit den Schultaschen aufeinander ein. Es waren Schüler aus den unteren Klassen.

Das Schloß-Trio und Franco hielten sich abseits. „Was sagst du denn“, wollte Ela wissen, „wenn dich deine Eltern fragen, wie es in der Schule gewesen ist?“

„Da halte ich den Mund.“

„Ach.“

„Ja.“ Er tippte gegen seine Stirn. „Ich bin doch nicht verrückt. Wenn meine Eltern erfahren, daß ich geredet habe, gibt es einen Zoff wie selten. Da kannst du die Sterne vom Himmel kippen sehen. Mein alter Herr kann ganz schön sauer werden. Er ist der *Patrone*, er bestimmt.“

„Also, haltet euch zurück. Auch du, Ela.“

„Was soll das denn heißen?“

Randy grinste. „Dein loses Mundwerk mußt du doch selbst kennen.“

„Ach“, seufzte Ela. „Wie hast du das wieder fein gesagt. So richtig toll, Randolph.“

„Da kommt jemand.“

Franco hatte gerade so laut gesprochen, daß er von den Freunden gehört werden konnte. Er selbst hatte sich bereits umgedreht und wies über die Straße hinweg nach vorn, wo sich das Licht der Sonne auf dem dunklen Lack eines Fiat Croma spiegelte.

Der Wagen rollte im Schrittempo heran, und Franco hatte eine Gänsehaut bekommen.

„Was ist denn?“ fragte Turbo.

„Das... das sind sie.“

„Wer?“

„Die Mafiatypen natürlich“, sagte Ela. In ihren Augen blitzte es plötzlich. Sie konnte manchmal sehr impulsiv sein, mehr als ihr guttat.

Randy wollte auf Nummer Sicher gehen. „Stimmt das?“
„Und ob!“ flüsterte Franco.
Vier Augenpaare ließen den dunklen Fiat nicht aus den Augen. Er rollte ziemlich dicht am Bordstein entlang. Leider war nicht zu erkennen, wie viele Personen in dem Wagen saßen, da die getönten Scheiben einen Großteil der Sicht nahmen.
„Die wollen was von uns!“ sagte Franco. „Das... das spüre ich.“ Er wollte sich zurückziehen, doch Randy legte ihm eine Hand auf die Schulter. „Nein, jetzt bleibst du hier.“
„Aber was...“
„Abwarten“, sagte Turbo.
Sie schauten unauffällig in Richtung Fahrzeug und taten desinteressiert. Die Kerle sollten nicht merken, daß man sich um sie kümmerte.
Franco war noch blasser als zuvor. Einige Male zwinkerte er mit den Augen, wischte über seine Stirn und atmete dann zischend aus, als der Wagen genau neben ihnen stoppte.
„Geh mal zurück“, murmelte Randy und schob seinen Schulkameraden hinter sich.
Das Fenster an der Beifahrerseite surrte automatisch nach unten. Drei Personen hockten im Wagen. Zwei saßen vorn, der dritte lümmelte sich im Fond. Ein gewaltiger Kerl, fast so dick wie breit. Er qualmte eine Zigarette.
Der Mann auf dem Beifahrersitz streckte seinen Kopf durch das offene Fenster. Er hatte ein breites, ziemlich kantiges Gesicht mit einem irgendwie hölzernen Ausdruck. Auch sein Mund wirkte breit und kantig. Auf dem Kopf wuchs das schwarze Haar in dichten Locken. Die Pupillen sahen aus wie kalte Kugeln.
„Ist was?“ fragte Ela.
Der Mann hob seinen Zeigefinger und deutete an dem Mädchen vorbei.
„He, Sie Stoffel. Man zeigt nicht mit dem nackten Finger auf angezogene Menschen.“
„Halt dein Maul, Göre!“
„Reißen Sie sich mal zusammen!“ mischte sich Randy ein. „Was wollen Sie von uns.“

„Wir wollen ihn."

„Ach, Franco?"

„Genau." Der Kerl grinste noch breiter. „Er soll mit uns kommen. Wir bringen ihn nach Hause."

„Ich will aber nicht!" rief Franco.

„Du wirst nicht gefragt."

„Nein, lassen Sie mich in Ruhe." Er ging sicherheitshalber zurück. Der Lockenkopf öffnete den Wagenschlag. Der zweite Mann – der Fahrer – hatte seinen Kopf gedreht. Er hatte ein Fischgesicht, der Mund mit den dicken Lippen war hämisch verzogen.

„Wir müssen dich leider holen. Dein Vater hat es so gewollt." Der Kerl wollte die Wagentür noch weiter aufstoßen, aber dagegen hatten Randy und Turbo einiges.

Sie handelten gleichzeitig, so als hätten sie sich abgesprochen. Beide hoben rasch die Beine an und traten von außen

gegen die Tür. Und zwar so stark, daß die Tür mit einem dumpfen Knall sofort wieder zufiel.

Der Mann holte tief Luft. Plötzlich hatte er einen roten Kopf bekommen. Im Fond bewegte sich der Fette. Seine Hand verschwand unter dem dunklen Jackett.

„Was ist los?“ fragte eine den Freunden bekannte Stimme. Sie hatten den Radfahrer nicht gehört und sahen ihn erst, als er in den Rücktritt stieg und bremste.

Es war Herr Augustus, der neben dem Wagen gestoppt hatte und durch die Fenster schaute.

Der Beifahrer zischte seinem Kumpan etwas zu. Da der Motor noch lief, konnten sie blitzschnell starten. Die Reifen drehten durch, das Quietschen schallte über die Straße, und Herr Augustus zuckte hastig zurück. Er wäre beinahe noch erwischt worden und hatte plötzlich Mühe, das Rad zu halten und nicht zu kippen.

„Sind die denn verrückt geworden?“ rief er hinter dem Wagen her. „Das ist ja lebensgefährlich.“

Randy nickte dem Lehrer zu. „Das waren die, von denen Franco erzählt hat. Genau die.“

Herr Augustus hatte sein Rad endlich unter Kontrolle bekommen. Er mußte noch die Brille zurechtrücken. Durch den Fahrtwind waren seine Haare hochgewirbelt worden. Einige Strähnen sahen aus, als wollten sie sich im nächsten Augenblick vom Kopf lösen. Er kam näher. „Jetzt noch einmal von vorn, Randy.“

„Das kann Ihnen Franco besser erzählen.“

Der Junge hatte sich zurückgezogen und schaute ängstlich die Straße hinunter. Der Wagen war nicht mehr zu sehen. Die nächste Kurve hatte ihn längst verschluckt.

„Kannst du das wirklich?“

„Ja, Herr Augustus. Es waren die Männer, von denen ich erzählt habe. Die drei, die in unser Lokal gekommen sind.“

„Was wollten sie von dir?“

„Ihn mitnehmen!“ rief Ela. „Das war schon fast ein Kidnapping. Die hätten Ernst gemacht.“

Franco nickte nur.

„Soll ich dich bis nach Hause begleiten?“ erkundigte sich der Lehrer.

„Nein, nein, da kommt der Bus. Meine Eltern sollen auch nichts davon merken.“ Der Junge sprach schnell und hastig.

„Gut, wenn du nicht willst. Zwingen kann ich dich nicht. Was ist mit euch?“

„Wir fahren auch nach Hause.“

Herr Augustus warf den Freunden einen langen Blick zu, bevor er sagte: „Schloß-Trio nennt ihr euch. Das hat sich schon in der Schule herumgesprochen.“ Das Lächeln auf seinen Lippen verschwand. „Macht nur keinen Unsinn, Freunde.“

„Keine Sorge, wir halten uns zurück.“

„Soll ich euch das glauben, Randy?“

Zum Glück stoppte der Bus, so daß die Freunde eine Antwort schuldig bleiben konnten. Zischend öffneten sich die Türen. Die übrigen Schüler lösten sich von der Sitzbank und stürmten das Fahrzeug. Franco Saracelli gehörte zu den letzten, die einstiegen. Als der Bus startete, winkte er noch einmal.

Herr Augustus schüttelte den Kopf. „Das geht nicht gut“, sagte er leise. „Nein, ich glaube nicht, daß es gut geht. Franco hat große Sorgen, und wir können sie ihm nicht abnehmen.“

„Mal sehen“, meinte Turbo.

Der Lehrer schaute den Jungen sehr scharf an, bevor er auf sein Rad stieg und anfuhr. Er drehte sich noch einmal um. „Ich glaube fest daran, daß wir uns bald wiedersehen.“

Er ließ die Freunde sprachlos zurück. Ela Schröder fing sich als erste. „Wiedersehen?“ fragte sie. „Was... was meint er denn damit?“

„Bin ich ein Orakel?“ Randy hob beide Schultern.

„Nee, aber du siehst fast so aus...“

Man konnte mit Frau Ritter fast alles machen, ihr war nur nicht so leicht etwas vorzumachen. Sie kannte ihren Sohn, hielt sich aber zurück. Erst nach dem Essen setzte sie sich an den Küchentisch, schaute zuerst Randy an, danach Turbo. Sie strich ihr dichtes, blondes Haar zurück, das, wenn die Sonne darauf schien, manchmal die Farbe von Weizen bekam.

„Was ist, Mutti?“

„Mit mir nichts, Randy, mit euch.“

„Wieso?“ Er zog das Wort in die Länge und tat unheimlich erstaunt. „Was soll denn mit uns sein?“

„Ihr seid so anders.“

„Haben wir nicht genug gegessen?“ fragte Randy und blickte seine Mutter treuherzig an, während Turbo durch das Fenster in den Garten schaute, der im Licht der Sonne lag.

„Doch, doch, das schon. Irgend etwas war in der Schule und ist dort passiert.“

„Ja, die Pauker haben mal wieder verrückt gespielt.“

„Das ist nicht neu. Das spielen sie doch oft, wie du mir immer weismachen willst.“

Randy lächelte.

„Da ist trotzdem noch etwas, nicht wahr, Turbo?“ Der nickte, und Marion Ritter sagte nur: „Raus mit der Sprache.“

„Wir möchten heute abend noch weg."
„Ins Kino?"
„Nee, Mutti – essen."
„Das ist ja was ganz Neues. Zur Fritten-Bude?"
„Nein, kein Schnellimbiß. Ich habe dir doch von Franco Saracelli erzählt, nicht wahr?"
Frau Ritter runzelte die Stirn. „Müßte ich mich daran unbedingt erinnern?"
„Das ist Randys neuer Nachbar", erklärte Turbo. „Sie sitzen in der Schule zusammen."
„Ja, stimmt, jetzt erinnere ich mich. Und was hat dieser Franco mit euren abendlichen Aktivitäten zu tun?"
„Seine Eltern besitzen ein Restaurant. Franco ist trotzdem ein bißchen einsam, deshalb hat er uns gefragt, ob wir nicht mal bei ihm essen können."
„Nichts dagegen... im Prinzip", fügte Frau Ritter rasch hinzu, als sie sah, wie Randy schon losjubeln wollte. „Ich möchte nur gern wissen, wo sich das Lokal befindet."
„In Düsseldorf."
„Toll. Daß es nicht in Köln ist, kann ich mir denken."
„Ela kommt auch mit", sagte Turbo.
Marion Ritter legte die Stirn in Falten. „Da sind ja wieder die richtigen Hexer zusammen. Ich hätte gern euren Vater gefragt, leider kommt er erst morgen zurück."
„Dürfen wir denn?" fragte Randy.
„Sagen wir mal so: Wann gedenkt das Schloß-Trio denn, sich wieder hier blicken zu lassen?"
„Wir wollten um achtzehn Uhr dort sein. Drei Stunden mußt du schon rechnen, Mutti. Vielleicht auch etwas länger."
Marion Ritter bekam wieder ihren mißtrauischen Blick. Auf ihrer Stirn erschien ein steiles V. „Ist euer Hunger so groß, daß ihr über drei Stunden essen wollt?"
„Das nicht." Randy zeichnete Figuren auf die Tischplatte. „Aber Franco will uns noch sein Zimmer zeigen. Es ist auch nicht zu weit weg. In einem Düsseldorfer Vorort. Noch vor Grafenberg."
„Ich weiß nicht so recht." Marion Ritter schwankte.

„Mutti, wir sind keine Kleinkinder mehr."

„Das habe ich auch nicht behauptet, Randy. Nur kann ich mich an sehr böse Dinge erinnern, die ausgerechnet immer euch passieren. Die Sache mit Amsterdam liegt mir noch schwer im Magen. Atomspione jagen und so. Das hätte ins Auge gehen können."

„Wir wollen doch nur essen", verteidigte sich Turbo mit dem unschuldigsten Gesicht der Welt. „Franco hat gesagt, daß sein Vater uns eine besonders irre Pizza macht."

„Meine Güte, was seid ihr Quälgeister." Marion Ritter schüttelte den Kopf. „Von mir aus geht. Wie sieht es mit dem Geld aus? Könnt ihr das Essen überhaupt bezahlen?"

Randy nickte. „Mein Taschengeld reicht noch."

„Bei mir auch", sagte Turbo.

„Gut, hätten wir das geklärt. Eine Frage bleibt noch offen. Wie kommt ihr zurück?"

„Mit dem Bus, Mutti."

„Fährt noch einer?"

„Da schauen wir nach."

„Nein, nein, nein." Mit beiden Händen winkte sie ab. „So sehe ich das nicht."

„Wenn Alfred uns abholen könnte ..."

„Oh", sagte Marion Ritter, „mein Herr Sohn denkt mit. Das ist ja etwas ganz Neues."

„Klar, ich werde auch älter."

„Wunderbar, Randy. Dann geh bitte zu Alfred und frage ihn, ob er euch den Gefallen tut."

Randy stand schnell auf. An der Tür drehte er sich noch einmal um. „Danke, Mutti."

Lächelnd schaute Frau Ritter hinter den Jungen her, die in der Halle stehengeblieben waren. „Ich wollte sowieso noch mit Alfred reden!" flüsterte Randy.

„Verstanden. Ich gehe inzwischen auf mein Zimmer. Willst du Alfred einweihen?"

Randy nickte. „Es wäre schon besser."

„Bis gleich dann." Die beiden Freunde trennten sich. Turbo lief die Treppe hoch, Randy blieb im unteren Stockwerk.

Er hörte seine Mutter in der Küche. Sie hatte das Radio eingeschaltet. Schlagermusik drang bis in die Halle. Randy strich sich die Haare aus der Stirn. Ein etwas schlechtes Gewissen überkam ihn schon, weil er seiner Mutter nichts gesagt hatte, doch immerhin wollte er mit Alfred über den Fall reden und dessen Meinung hören.

Alfred war einfach unbezahlbar. Wenn es ihn nicht gegeben hätte, man hätte ihn einfach erfinden müssen. Er war eine Art guter Geist im Hause Ritter, und es gab eigentlich nichts, was Alfred nicht konnte. Als ehemaliger Stuntman und Techniker für Spezial-Effekte hatte er beim Film gearbeitet, und diese Jahre waren ihm eine hervorragende Lehre gewesen. Er hatte Tricks auf Lager, von denen andere nur träumen konnten, und wendete sie auch oft genug an, denn Alfred und auch Herr Ritter lebten manchmal recht gefährlich.

Randys Vater war nicht nur ein hochqualifizierter Ingenieur und Wissenschaftler, er arbeitete außerdem für den Geheimdienst, der ihm oft genug gefährliche und haarsträubende Aufgaben übertrug, wobei Alfred dann den Leibwächter spielen mußte. Manches Mal schon hatte er Dr. Ritter und auch das Schloß-Trio aus höchst brenzligen Situationen gerettet.

Alfreds Zimmer befand sich im unteren Bereich des Schlosses. Als höflicher Mensch klopfte Randy an, bevor er den Raum betrat. Er sah den dunkelhaarigen etwa dreißigjährigen Mann mit dem Oberlippenbart und der sonnenbraunen Haut hinter dem Schreibtisch sitzen und telefonieren. Alfred sprach mit Randys Vater. „Ja, es ist alles klar, Herr Ritter. Ich hole Sie morgen vom Flughafen ab." Mit der freien Hand winkte er Randy in den Raum. Der Junge schloß leise die Tür. „Übrigens, Ihr Sohn kommt gerade, wollen Sie ihn sprechen?" Alfred hörte zu, nickte dann und legte auf. „Ich soll dir einen schönen Gruß bestellen, aber dein Vater war schwer in Eile."

Randy hob die Schultern. „Wann ist er das nicht?"

Alfreds Blick wurde forschend. „Habe ich mich verhört, oder lag ein Vorwurf in der Stimme?"

„Kann schon sein."

„Klar, Randy, das weiß ich alles. Dein Vater hat nun mal wenig Zeit für dich, aber das hat auch seine Gründe. Sein Beruf ist kein normaler, wir wissen das."

„Okay."

„Und wahrscheinlich hast du von ihm all das geerbt, was den Ärger so anzieht."

Randy setzte sich auf die weiche Couch. Ein Erbstück von

Alfreds Eltern. Er hatte das Zimmer nüchtern eingerichtet. Der wichtigste Raum, seine Bastelstube, befand sich im Keller.

Alfred mußte sich auf dem Schreibtischstuhl drehen, um den Jungen anzuschauen. Prüfend glitten seine Blicke über Randys Gesicht. „Wir kennen uns einige Zeit. Ich weiß genau, daß du Probleme hast. Also welche? Raus mit der Sprache."

„Kennst du die Mafia?"

Mit jeder Frage hatte Alfred gerechnet, nur damit nicht. Er wurde fast blaß. „Wie kommst du denn darauf?" Dann streckte er Randy abwehrend die Hand entgegen. „Jetzt sage mir nur nicht, daß ihr euch mit der Mafia angelegt habt?"

„Deshalb bin ich ja gekommen", gab Randy kleinlaut zu.

„Also doch?"

„Es sieht so aus."

Alfred holte tief Luft. „Meine Güte", murmelte er. „Was sagt deine Mutter dazu?"

„Die weiß von nichts."

„Das habe ich mir gedacht. Du willst demnach erst mit mir reden."

„So ist es."

Alfred nickte. „Dann mal raus mit der Sprache und laß hören, wo dich der Schuh drückt."

Alfred gehörte zu den Menschen, denen Randy vollstes Vertrauen entgegenbrachte. Deshalb packte er auch rückhaltlos aus und berichtete jede Einzelheit.

In Alfred hatte er einen guten Zuhörer gefunden. Der Mann sagte nichts, ließ Randy reden und fragte auch nichts dazwischen, wenn der Sprecher mal eine kleine Denkpause eingelegt hatte.

„So, jetzt weißt du alles."

„Das stimmt."

„Und was sagst du?"

Alfred starrte gegen die Decke, wo zwei von ihm gebaute Flugzeugmodelle an dünnen Fäden hingen. „Ich muß auch darüber nachdenken. Junge, das ist ein Klopfer."

„Natürlich."

„Und!" Alfred hob seine Stimme an. „Verflixt gefährlich.

Randy, ihr habt euch da auf eine Sache eingelassen, die nicht nur in ein, sondern in beide Augen gehen kann. Ich glaube, ihr habt nicht überrissen, was es bedeutet, sich mit diesen Leuten anzulegen."

Der Junge nickte. „Doch, wir wissen, daß die Mafia gefährlich ist. Aber können wir Franco Saracelli im Stich lassen?"

„Das könnt ihr!" erklärte Alfred entschieden.

„Was bitte?"

„Ihr werdet euch an die Polizei wenden und den Beamten alles erklären. Mit Kommissar Hartmann kannst du reden, Randy."

„Das stimmt, das ist alles richtig, Alfred. Aber Franco hat gesagt, wenn wir mit der Polizei antanzen, wird keiner seinen Mund öffnen. Und er hat auch erzählt, daß viele Lokalbesitzer Abgaben an die Mafia zahlen. Diese Verbrecher müssen ein Netz über ganz Deutschland gelegt haben, das ist einfach schlimm."

„Da sagst du mir leider nichts Neues, Randy. Ich kenne die Lage sehr gut."

„Dann bist auch du der Meinung, daß man die Gangster auf frischer Tat erwischen muß?"

„Das haben schon viele versucht."

Randy bekam große und glänzende Augen. „Erwachsene, Alfred. Doch wer interessiert sich für drei harmlose Jugendliche, wenn sie in einem Restaurant sitzen – oder?"

„Die Kerle im Auto."

„Das waren die richtigen."

„Die werden euch erkennen, wenn sie kommen."

„Na und? Wir sind Schulfreunde von Franco. Keiner kann ihm verbieten, daß er uns einlädt."

Alfred nickte und strich über seinen Oberlippenbart. „Junge, du stehst wieder auf einem heißen Vulkan."

„Der könnte durch dich abgekühlt werden, Alfred. Es ist alles sehr einfach. Wir haben uns das genau überlegt. Wenn du ebenfalls zufällig heute abend Lust hast, italienisch zu essen, laden wir dich gern ein. Wir schmeißen unser Geld zusammen..."

„Ich soll kommen?“

„Weshalb nicht?“

Alfred schüttelte den Kopf, stand auf, trat ans Fenster und schaute in den blauen Himmel. „Also gut, damit die arme Seele Ruhe hat, werde ich mich ebenfalls bei den Saracellis blicken lassen. Wie heißt das Lokal denn?“

„Leonardo.“

Alfred zog erstaunt die Augenbrauen hoch. „Hm, ein komischer Name.“

„So heißt Francos Vater.“

„Das ist was anderes. Habt ihr eine Zeit ausgemacht?“

„So gegen achtzehn Uhr."

Alfred überlegte, er lächelte dabei. „Das ist nicht gut, ich bin da eigentlich noch unterwegs. Ich wollte sowieso gleich weg."

„Wohin denn?"

„Mein Junge." Er kam lachend auf Randy zu. „Auch wenn es manchmal nicht so aussieht, aber selbst ich habe hin und wieder ein bißchen Privatleben außerhalb der Schloßmauern."

Randy zwinkerte ihm mit dem linken Auge zu. „Verstehe."

„Gar nichts verstehst du!"

Randy grinste weiter. „Wie heißt denn der Grund?"

„Vielleicht lernst du ihn kennen. Weißt du, ab einem gewissen Alter hat man wenig Lust, allein essen zu gehen. In Begleitung schmeckt es da besser."

„Dann wünsche ich dir jetzt schon einen guten Appetit." Winkend verließ Randy das Zimmer und lief hoch zu seinem Freund Turbo, der vor dem Computer saß und einige Buchstabenkolonnen eintippte, die auf dem Monitor angezeigt wurden.

„Was machst du denn?"

„Ich spiele etwas." Turbo drehte sich auf seinem Stuhl um, als Randy sich auf das Bett warf, zweimal wippte, halb hochkam und seinen Daumen in die Höhe reckte.

„Was hast du?"

„Wir haben gewonnen."

„Wieso?"

„Ganz einfach. Ich habe Alfred dazu überreden können, ebenfalls heute abend italienisch zu essen."

Turbo staunte. „Tatsächlich?"

„Klar."

Der Junge aus Japan nickte und strich dabei mit seiner Handfläche über den dunklen Bürstenschnitt. „Also schlecht finde ich das nicht", erwiderte er lächelnd, „überhaupt nicht..."

3. Ein böser Plan

Das Haus lag etwas abseits, aber dennoch verkehrsgünstig. Man war schnell wieder auf der Autobahn und auch auf den Straßen, die in Richtung City führten. Ein gewisser Carlotti hatte es gemietet und für ein halbes Jahr im voraus bezahlt.

Der Eigentümer wußte nicht, welch ein Kuckucksei er sich da ins Nest gelegt hatte: Carlotti gehörte nämlich zu den Männern, die in der Organisation etwas zu sagen hatten. Er war gewissermaßen ein Gebietsleiter der Mafia und somit zuständig für den Bereich Nordrhein-Westfalen. Carlotti zog von diesem Haus aus seine Fäden.

Die großen Bosse in Italien hatten ihn, den Nachwuchsmann, bewußt für diesen Job ausgesucht, denn Carlotti war ein äußerst intelligenter Bursche. Er beherrschte nicht nur die deutsche Sprache in Wort und Schrift – die Mafia hatte ihn auf die entsprechenden Schulen geschickt und studieren lassen –, sondern zählte auch zu den besten Organisatoren innerhalb der Ehrenwerten Gesellschaft. Daher hatte er den Auftrag bekommen, die Organisation in Deutschland besser auszubauen.

Vom Äußeren her machte er keinen besonderen Eindruck. Carlotti war klein, dünn, drahtig, trug eine Nickelbrille, das Haar gescheitelt und sah eher aus wie ein Buchhalter. Wären da nicht seine Augen gewesen, die sehr wach, sehr scharf und manchmal eiskalt hinter den Gläsern der Brille lauerten.

Carlotti konnte man nichts vormachen. Bisher hatte er jedes Ziel erreicht, und er ging, wenn anders nicht möglich, auch mit der entsprechenden Rücksichtslosigkeit vor.

Durch ein großes Fenster in seinem Arbeitszimmer konnte er direkt in den Garten hinter dem Haus schauen. Wegen des Sonnenlichts hatte er das Rollo vor die Scheiben gezogen.

Der Schreibtisch war mit drei Telefonen bestückt. Eines davon verband Carlotti mit der Zentrale in Italien. Er konnte von dort Informationen abrufen, wenn er es für nötig hielt.

In den letzten Tagen hatte er eine lange Liste von *Kunden* zusammengestellt und sie in den Computer eingegeben. Die Namen konnten sich sehen lassen. Seit seine Landsleute festgestellt hatten, wie gern die Deutschen italienisch aßen, waren die entsprechenden Restaurants wie Pilze aus dem Boden geschossen. Viele schwelgten bei einem Besuch beim Italiener in seligen Urlaubserinnerungen und kamen daher immer wieder. Von den entsprechenden Umsatzsteigerungen der Restaurants hatte die Mafia natürlich längst Wind bekommen und ihr Netz gesponnen. Bald würde es kein Lokal mehr geben, dessen Besitzer nicht von der Ehrenwerten Gesellschaft Besuch erhalten hatte, damit die Organisation die Wirte vor gewissen „Störenfrieden“ schützte. Natürlich nicht umsonst. Ein Schutzgeld mußte schon gezahlt werden, und das wiederum richtete sich nach der Höhe des von der Mafia geschätzten Umsatzes.

Wer nicht zahlte, bekam die gewaltige Macht der Ehrenwerten Gesellschaft zu spüren.

Es begann mit Drohungen, denen Taten folgten. Mal ein verdorbenes Essen, mal Randale, wobei auch die Gäste nicht verschont blieben. Und wenn der Besitzer sich danach noch immer stur zeigte, konnte es passieren, daß schon mal ein Brand in der Küche ausbrach, der dann auf das Lokal übergriff.

Das allerdings passierte nicht häufig. Meist zahlten die Besitzer schon nach dem zweiten Besuch.

Es gab einige Wirte, die noch nicht klein beigegeben hatten; unter ihnen befand sich ein gewisser Leonardo Saracelli.

Diesen Namen hatte Carlotti rot unterstrichen. Als er ihn jetzt wieder betrachtete, begann er zu lächeln. Lange würde der nicht mehr durchhalten. Er gehörte zu denen, die sehr an ihrer Familie hingen, und Carlotti hatte sich entschlossen, auch diese in seinen Plan mit einzubeziehen.

Er hob den Kopf und schaute den Mann an, der vor seinem Schreibtisch auf einem schmalen Stuhl hockte. Es war Luigi, sein Helfer, der Mann mit den dichten schwarzen Locken.

„Es ist also nicht gut gelaufen!“ stellte Carlotti fest.

Luigi hob die Schultern und wiegte den Kopf hin und her. „Das kann man nicht so direkt sagen.“

„Weshalb nicht?“

„Wir haben uns den Jungen vorgenommen. Zwangsläufig, weil er uns angegriffen hat. Dann wollten wir ihn – wie abgemacht – zu einer Spazierfahrt einladen, doch das klappte nicht. Da waren zu viele Zeugen in der Nähe."

Carlotti nickte. „Es ist besser, daß ihr euch zurückgehalten habt." Er kam noch einmal auf die Zeugen zu sprechen. „Kann es sein, daß sie etwas bemerkt haben?"

„Weiß ich nicht."

„Rede kein dummes Zeug, *amico*."

„Ich habe keine Ahnung, ob dieser Franco geredet hat. In seinem Interesse hoffe ich es nicht."

„Aber es waren Erwachsene?"

„Nein, welche aus seiner Klasse."

Carlotti winkte ab. „Das ist normal. Anderes Thema, Luigi. Wie schätzt du die Saracellis ein?"

„Sie arbeiten viel." Luigi grinste. „Dementsprechend hoch wird auch ihr Umsatz sein."

„Also gut für uns."

„Stimmt." Der Mann beugte sich vor. „Nur sind sie leider ein wenig geizig. Sie haben bei der Bank Schulden, erklärten sie mir. Das ist ja kein Fehler. Als ich ihnen dann sagte, daß sie auch bei uns Schulden hätten, stellten sie sich stur."

„Wie stur genau?"

„Sie wollten mich nicht verstehen."

„Auch nicht nach der Behandlung?"

Luigi hob die Schultern. „Das kann ich nicht genau sagen. Ich glaube schon, daß sie weicher geworden sind."

Der Mann mit dem schwarzen Lockenkopf grinste gemein. „Wir sollten sie noch weicher machen."

„*Si*, dafür bin ich auch. Was liegt heute abend bei euch an?"

„Da hätte ich Hunger. Wir wollen italienisch essen."

„Ach ja? Doch nicht bei den Saracellis?"

„Und ob. Da soll es besonders gut schmecken. Ich habe sogar gehört, daß wir eingeladen werden."

„Na, das ist ja phantastisch. Dann wünsche ich euch doch einen guten Appetit."

„Danke sehr, den werden wir haben." Luigi erhob sich und verließ den Raum. In wilder Vorfreude rieb er sich die Hände. Die Saracellis würden sich wundern, das stand fest...

4. Gruß von der Mafia

Sie waren einige Stationen mit dem Bus gefahren und wollten den Rest des Wegs zu Fuß gehen.

Ela ging zwischen den beiden Jungen. Sie hatte sich zur Feier des Tages eine neue Frisur zugelegt und ihren obligatorischen Pferdeschwanz so gedreht, daß er wie ein Nest auf dem Kopf hockte, daß sie zusätzlich mit zwei bunten Schmetterlingsspangen geschmückt hatte.

Es war noch immer warm, obwohl die Sonne bereits tiefer sank. Die dünnen Jacken hatten sie über die Schultern gehängt und schritten der Sonne entgegen.

„Was haben deine Eltern denn gesagt, daß du plötzlich mit uns essen gehen wolltest?" fragte Randy.

Ela lachte. „Zuerst wollten sie es nicht glauben."

„Wie das?"

„Wann gehen wir schon mal essen?"

„So kannst du das auch nicht sagen, Mädel."

„Hör auf mit Mädel. Jedenfalls hat mein Vater komisch geguckt und mich gefragt, was dahinter steckt."

„Was hast du ihm gesagt?"

„Hunger."

Sie lachten alle drei, bis Turbo fragte: „So ganz unrecht haben sie nicht gehabt. Es wird wohl kein reines Vergnügen werden, finde ich. Falls die Typen erscheinen..."

„Rechnest du denn damit?" erkundigte sich Ela.

„Bestimmt. Die hat Franco doch abfahren lassen, als wir an der Haltestelle standen."

Randy winkte ab. „Ich habe für Rückendeckung gesorgt. Wenn Alfred da ist, kannst du beruhigt deine Pizza schaufeln, Ela."

„Wer sagt dir denn, daß ich Pizza esse?"

„Alles andere ist viel zu teuer."

„Salat aber nicht."

„Willst du auf deine Figur achten."

„Allerdings."

„Dann würde ich mal Sport treiben."

„Das mache ich auch." Blitzschnell packte Ela zu und hebelte Randys rechten Arm herum. Bevor sich der Junge versah, hatte Ela ihn in den Polizeigriff genommen. „Na, was sagst du nun, du unheimlicher Sportler?"
„Ich gebe mich geschlagen."
„Wirklich?"
„Ja."
„Dann klopf auf Holz."
„Ich seh keines."
„Nimm deinen Kopf!"
Randy blieb nichts anderes übrig, als dem Befehl nachzukommen. Turbo schaute feixend zu.
„Klingt hohl", meinte Ela, als sie ihren Freund losließ.
„Und weißt du", fragte Randy, „wie man dein Gehirn auf Erbsengröße bekommt?"
„Nein."
„Man bläst es auf!"
Elas Augen funkelten. „Randolph Ritter – wenn ich ja kein Tierfreund wäre, würde ich dich jetzt irgendwohin werfen. So aber lasse ich Gnade vor Recht walten."
„Danke sehr."
„Sollten wir nicht weitergehen?" schlug Turbo vor. „Sonst verschwendet ihr eure Energien noch."
„Kein Sorge." Randy winkte ab, als er sich in Bewegung setzte. „Davon bekomme ich nur noch mehr Hunger. Ich habe mir vorgenommen, richtig zuzuschlagen. Mit Vorspeise und so."
„Was bleibt dann für mich?" fragte Turbo.
„Die Limo."
„Und du willst ein Freund sein."
„Hin und wieder. Wenn es ums Essen geht, kenne ich kein Pardon."
„Dann wundere ich mich nur", stichelte Ela, „daß dir deine Mutter nichts eingepackt hat."
„Ha, ha."
Sie hatten nicht mehr weit zu gehen. Die Häuser folgten dichter aufeinander. Mehr- und Einfamilienhäuser wechselten

sich ab. Sonnenstrahlen tupften gegen die Fensterscheiben und machten sie fast zu Spiegeln. Auf manchen Balkonen saßen noch Leute und genossen den späten Freitagnachmittag. Die bunten Kreise der Sonnenschirme unterbrachen wohltuend das oft einheitliche Grau der Hausfassaden.

Autos parkten am Straßenrand oder vor Garagen. Radios dudelten, manch einer wusch seinen Wagen und hörte dabei Musik. Kinder spielten noch auf der Straße, Jugendliche standen zusammen, Nachbarn hatten sich zu einem Schwätzchen zusammengefunden, und hinter manchen Häusern stieg der Rauch von Grillfeuern in die Höhe.

Eine frühsommerlich heile Welt, wo sich jeder freute, daß ein Wochenende begann.

Das Schloß-Trio bewegte sich auf eine Kreuzung zu. Und genau dort – sie gingen sogar auf der richtigen Seite – befand sich das Lokal. Es war ein Eck-Haus, dessen Eingangstür zurückgesetzt in einer Nische lag.

Vor dem Lokal blieben sie stehen und schauten an der Fassade entlang. Von der Straße ging eine schmale Einfahrt wie die Röhre eines Tunnels in den Hinterhof des Lokals, wo die Wagen der Lieferanten, die frische Lebensmittel und Getränke brachten, entladen werden konnten.

Es war genau vier Minuten vor sechs Uhr, als Randy seinen Freunden zunickte. „Wollen wir?“

„Bei deinem Hunger immer“, sagte Turbo.

„Hör auf. Ich bin sicher, daß du am meisten essen wirst.“

„Mal schauen.“

Randy zog die Tür auf und schob dann noch einen Vorhang zur Seite. Er wunderte sich nicht, daß sie ein fast leeres Restaurant betraten. In einer Ecke saßen nur zwei Gäste, aber binnen einer Stunde würde sich das Bild sicherlich geändert haben.

Das Lokal teilte sich in zwei Hälften. Rechts untergliederte eine Theke die eine Hälfte noch in zwei Teile. Der Theke gegenüber standen mehrere Tische, an denen jeweils vier Personen sitzen konnten. Hinter der Theke hielten sich zwei Kellner auf, die Gläser putzten und sie dann in die Regale stellten.

Außerdem war die Theke an dem einen Ende mit einem

Glasaufbau versehen, einer durchsichtigen Kühlkammer, in der auf einigen Tellern schon frisch zubereitete Vorspeisen lagen.

Turbos Pupillen glänzten besonders, als er sich an Randy vorbeischob und die Antipasti, die Vorspeisen, genauer unter die Lupe nahm. „Salate, Käse, Artischocken, Oliven, Auberginen, Tomaten…“ Er zählte flüsternd die köstlichen Dinge auf. „Das ist ja was für mich.“

„Ich habe dir doch gesagt, daß du am meisten von uns essen wirst“, sagte Randy.

Turbo richtete sich auf. „Neidisch?“

„Überhaupt nicht.“

Ela stöhnte. „Was ist denn nun? Wollt ihr nur glotzen oder sollen wir uns setzen?“

„Und wohin?“

„Nicht da, wo die Theke ist.“ Ela deutete nach links. „Die Ecke gefällt mir besser.“

„Wie du meinst.“

Sie schritten in einen viereckigen, etwas zurückgesetzten Raum mit weißgetünchten Wänden, in den einige kleine Nischen hineingebaut worden waren. Ein großes Fenster befand sich links von der Tür, ihnen also genau gegenüber.

Turbo deutete nickend auf einen Tisch, an dem vier Personen Platz finden konnten. „Den können wir nehmen.“

„Warum gerade ihn?“ fragte Ela.

„Weil ich gern die Wand im Rücken habe.“

Sie lachte. „Wie im Western.“

„So ähnlich.“

„Stimmt es, daß sein Großvater ein Sheriff in Arizona war?“ flüsterte Ela.

„Nein.“ Turbo drehte sich um. Er hatte Ela trotzdem verstanden. „Das war mein Urgroßvater. Man nannte ihn den Hammer von Dallas.“

„Das liegt aber in Texas.“

Turbo konterte: „Er war so gut, daß er hin und wieder Dienstreisen machen konnte.“

„Oh, wie toll.“

Sie setzten sich. Vier Gäste betraten das Restaurant. Es waren zwei junge Pärchen, die lachten und ihren Spaß hatten. Sie nahmen im anderen Teil des Lokals Platz.

Ein Kellner erschien, kaum älter als Randy, ziemlich klein und mit einer schwarzen Hose und einem weißen Hemd bekleidet. „Was darf ich euch bringen?“ fragte er nach dem Gruß.

„Die Speisekarten.“

Er nickte Randy zu. „Und zu trinken?“

„Limo für alle.“

„Mach ich glatt. Sonst noch was?“

„Ja“, sagte Ela und lächelte ihn an. „Eine kleine Auskunft.“

„Ich weiß nichts.“

„Sag doch Franco, daß wir schon hier sind.“

Der Kellner schlug gegen seine Stirn. „Ach ja, ihr seid es. Klar, jetzt erinnere ich mich. Franco hat davon erzählt, daß Freunde von ihm kommen werden.“

„Er soll sich zu uns setzen.“

„Ich sage ihm Bescheid.“ Der Knabe verschwand.

Ela saß neben Randy und knuffte ihn. „Na, wie gefällt es dir hier, du alter Säbel?“

„Bißchen dunkel.“

„Daß es nicht fetzig sein kann, war klar. Dafür ist es auch nicht so warm.“

„Das kommt noch.“

„Pessimist.“

Zunächst kamen die Getränke und mit ihnen Franco Saracelli. Er trug das Tablett höchstpersönlich. Für sich selbst hatte er ebenfalls eine Limo mitgebracht. Auf seinem Gesicht ging die Sonne auf, als er das Schloß-Trio erkannte.

„Finde ich einfach großartig, daß ihr doch gekommen seid.“

„Versprochen ist versprochen“, sagte Ela.

Franco verteilte die Getränke. „Haben eure Eltern nichts gesagt?“

„Nein, die sparen ja was, wenn wir hier essen.“

„Du erzählst wieder einen Käse“, sagte Randy.

Ela trat ihm unter dem Tisch gegen das Bein. „Beherrsche dich und sei mal Kavalier.“

„Wie geht das?“

Franco hob sein Glas. „*Salute* sagt man bei uns. Ich freue mich, daß ihr gekommen seid. Mit meinem Vater habe ich schon darüber gesprochen. Ihr seid unsere Gäste.“

„Ohhh...“, flüsterte Turbo und stellte das Glas weg. „Kann ich das schriftlich haben?“

„Wieso? Glaubt ihr mir nicht?“

„Schon. Da hat er sich ziemlich viel vorgenommen. Bei meinem Hunger, den ich habe.“

„Wir haben extra mehr eingekauft.“

„Dann ist alles klar.“ Turbo nahm noch einen Schluck und schaute sich um. „Wo sind denn die Karten?“

„Nun reiß dich mal zusammen, du Schmachtlappen“, beschwerte sich Ela. „Du wirst schon nicht verhungern.“

Randy wechselte das Thema. „Hat die Ehrenwerte Gesellschaft wieder etwas von sich hören lassen?“

Franco winkte mit beiden Händen heftig ab. „Glücklicherweise nicht. Bis jetzt hielten sie Ruhe.“

„Aber wir müssen damit rechnen, daß sie heute noch erscheinen, kann ich mir vorstellen.“

„Die Kerle im Wagen sahen ja schlimm aus“, sagte Ela und schüttelte sich. „Gegen die möchte ich nicht...“

„Brauchst du auch nicht. Wir bekommen ja Hilfe.“

„Ja?“ schnappte Franco.

„Alfred wird auch hier essen.“

„Das ist euer Freund?“

„Ja, ein wahnsinniger Typ, einfach stark.“ Randy grinste. „Der schafft es und hebt die Mafia aus den Angeln, kann ich dir sagen.“

„Hau nicht so auf den Pudding.“

„Warte es ab.“

Der Kellner kam und brachte die Karten, was Turbo mit einem freudigen Aufstöhnen quittierte. „Darauf habe ich gewartet, die ganze Zeit schon. Jetzt geht es rund, sagte der Wellensittich, als er in den Ventilator flog.“ Turbo schaute über den Rand der Speisekarte hinweg auf Franco. „Was kannst du denn empfehlen?“

Der Junge grinste. „Was ißt du gern?"
„Alles."
„Dann kann ich auch alles empfehlen."
„Uaahh... das hätte mir auch meine Großmutter erzählen können. Wer den Wald hat, hat die Qual." Turbo schlug die Karte auf und begann zu blättern.
Randy und Ela ließen ihre noch liegen. Franco schaute auf die weiße Tischdecke. „Ich muß euch noch etwas sagen. Meine Mutter ist nicht da. Vater hat sie weggeschickt."
„Oh, dann rechnet er mit einem Besuch."
„Die kommen bestimmt. Sie haben angerufen. Ich hörte es zufällig. Vater erklärte, daß sie sich zum Teufel scheren sollten. Das werden sie jetzt erst recht nicht tun, aber er hat meine Mutter in Sicherheit gebracht. Ich sollte auch weg und euch Bescheid geben, daß unser Essen für heute ausfällt. Wenn ihr wollt, dann geht jetzt. Noch ist Zeit. In ein oder zwei Stunden kann alles ganz anders aussehen."
„Wir bleiben!" entschied Ela und schlug mit der flachen Hand auf den Tisch.
„Genau", sagte auch Turbo, der zugehört hatte, und fragte: „Was könnten sie denn tun?"
„Randale machen, die Gäste vertreiben."
„Wie sähe das aus?"
Franco wiegte den Kopf. „Das ist so eine Sache. Immer verschieden, im Prinzip aber gleich. Die pöbeln Gäste an, werfen Gläser um, kippen Essen weg, beleidigen die Kellner und vertreiben einfach die Gäste. Das ist die übliche Masche."
„Du kennst dich gut aus", meinte Randy.
„Mein Vater hat es mir erzählt. Er hat Kollegen, denen das passiert ist."
„Zahlen die denn jetzt?"
„Und wie."
„Also, ich nehme einen Salat", sagte Ela, die die Karte mittlerweile etwas studiert hatte. „Danach vielleicht eine Tomatensuppe und ein Dessert. Mehr nicht."
„Für dich reicht das auch", murmelte Turbo.
„Sei nicht so blöd."

Turbo grinste Franco an. „Da stehen doch Vorspeisen unter Glas, nicht wahr?“

„Ja, die kannst du bestellen.“

„Alle?“

„Von jedem etwas. Wir nennen das einen Vorspeisenteller. Der ist gut und macht schon fast satt.“

„Trotzdem esse ich danach noch eine Pizza Spezial.“

„Gut, ich sage Bescheid. Und du, Randy?“

„Für mich die Minestrone, die Gemüsesuppe, und anschließend Canelloni.“

„Gut gewählt. Beides wird frisch gemacht. Mein Vater ist übrigens für seine Suppen bekannt.“

„Das freut mich.“

„Gut, ich komme gleich wieder.“ Franco sammelte die Speisekarten ein und stand auf. „Wollt ihr noch etwas trinken?“

Randy nickte. „Das gleiche noch mal.“

„Geht klar.“

Als Franco verschwunden war – mittlerweile hatte sich das Lokal fast schon gefüllt –, beugte sich Ela vor. „Was sagt ihr zu der Warnung? Die war deutlich genug – oder?“

Turbo nickte. „Und wie.“

Randy schaute auf die Uhr. „Ich hoffe, daß Alfred bald hier erscheint. Wenn es Randale gibt, kann er mitmischen.“

Ela schüttelte sich. „Stell dir mal vor, was geschieht, wenn die bewaffnet sind.“

„Das sind sie sicher.“

„Hör auf, Mensch.“

Randy winkte ab. „Du kennst doch Alfred. Der hat einige Tricks auf Lager. Waffen braucht der nicht. Höchstens hier.“ Randy tippte gegen seine Stirn. „Köpfchen.“

„Das ist auch besser.“

Der Vorhang bewegte sich. Randy und Ela saßen so, daß sie es erkennen konnten. Ein Halbwüchsiger trat ein, nein, der war mindestens achtzehn. Er trug sein Haar gegelt und in dikken Strähnen nach oben gekämmt, so daß es glänzte wie japanischer Lack. Auf dem blassen Gesicht blühten dicke Pickel.

„Gehört der auch hierher?“ fragte Ela leise.

„Keine Ahnung."

Franco erschien und sah den jungen Mann. Mit dem Tablett in der Hand blieb er stehen. Seine Augenbrauen zogen sich mißtrauisch zusammen. Es roch nach Ärger.

Der neue Gast ging vor. Er nahm Kurs auf Franco und tat so, als wollte er sich an ihm vorbeidrücken. Dann folgte eine Bewegung mit dem linken Ellbogen, dessen Spitze genau gegen den Rand des Metalltabletts stieß: die Gläser gerieten ins Rutschen. Vergeblich versuchte Franco, sie festzuhalten. Sie kippten zu Boden, zerbrachen, und die Limo bildete eine sprudelnde Lache.

„He!" beschwerte sich Turbo und sprang auf. „Das waren unsere Limos. Du bist wohl vom Affen gebissen."

Der Gegelte fuhr herum. Böse starrte er Turbo an. Dann grinste er und griff blitzschnell in seine Jackentasche.

Bevor irgendein Gast eingreifen konnte, hatte er eine kleine Glaskugel hervorgeholt, die er zu Boden schmetterte, wo sie klirrend zerbrach.

Sofort breitete sich stinkender Qualm aus. Es roch verbrannt und noch mehr nach faulen Eiern.

Das Pickelgesicht lachte schrill auf, machte auf dem Absatz kehrt und rannte aus dem Lokal...

Die Überraschung der Freunde dauerte kaum fünf Sekunden. Während Ela und Randy husteten wie die anderen Gäste auch, startete Turbo bereits.

Mit einem gewaltigen Sprung schnellte er in Richtung Vorhang und huschte durch den Spalt. Er rammte mit der Schulter die Tür nach außen und sprang ins Freie. Suchend sah er sich um. In welche Richtung war wohl der Stinkbombenwerfer verschwunden.

Nach links!

Der Typ rannte den Gehsteig hinunter, wo an einem Laternenpfahl ein Moped parkte.

„He, du Stinker, bleib stehen!"

Der Knabe hörte Turbos Schrei, drehte sich kurz um, lachte und rannte weiter.

„Warte, dich hole ich mir." Turbo war schnell. Zu seinen Hobbys gehörte auch der Kampfsport. Er trainierte regelmäßig, war äußerst geschmeidig und gelenkig, ein guter Sportler, und das machte sich wieder einmal bezahlt.

Zwar saß der Kerl bereits auf seinem Moped, nur konnte er nicht so schnell starten.

Als es endlich ansprang, hatte ihn Turbo fast schon erreicht. Noch zwei Schritte, dann...

Der Typ startete, und Turbo griff an. Mit dem rechten Arm umklammerte er den Laternenpfahl, drehte sich und stemmte seine Beine blitzartig vor. Mit den Füßen traf er das Hinterrad des Mopeds.

Der Schlag war hart. Plötzlich „schwamm" das Fahrzeug. Der Typ bekam es nicht mehr unter Kontrolle. Es rutschte ihm förmlich unter dem Allerwertesten weg, kippte nach links und schlidderte auf die Straßenmitte zu. Er hatte noch Glück, daß genau in diesem Augenblick kein Wagen heranrollte.

Der Knabe schrie und fluchte. Die Lederjacke verlor einiges von ihrem Glanz, als er sich den Ärmel auffetzte. Der Motor röhrte protestierend, die Maschine drehte sich mitsamt ihrem Fahrer und starb dann ab.

Da stand Turbo schon neben ihm, bückte sich und riß den Burschen am Kragen der Jacke hoch. „Los, Stinker, pack dein Moped, dann werden wir uns mal unterhalten."

Der Kerl wehrte sich nicht einmal, dafür stand er einfach zu stark unter Schock. Er gehorchte und ging Turbo widerstandslos voraus auf den Gehsteig.

Die Gäste hatten das Lokal verlassen. Aus der offenen Tür quollen die dünnen Schwaden der Stinkbombe. Selbst auf der Straße roch es nach faulen Eiern.

Jemand hatte die Fenster geöffnet, damit Durchzug entstehen konnte, der den Rauch vertrieb.

Ela und Randy liefen auf Turbo und seinen „Freund" zu. Der Gegelte stand mit dem Rücken an der Hauswand, von Turbo nicht eben sanft dagegengepreßt. „Laß mich los!" keuchte er. „Sonst wirst du es zu bereuen haben."

„Dann holst du deinen großen Bruder, wie?"

„Auch den!"
„Schmeißt der ebenfalls Stinkbomben?"
„Vielleicht."
„Wie heißt du?"
„Udo."
„Wie weiter?"
„Ist doch egal – oder?"
„Klar, ist es auch", sagte Randy, der neben Turbo stehengeblieben war. „Du bist nur ein kleiner Fisch. Nicht mehr als ein Guppi. Aber die Haie, die wollen wir haben."
„Welche Haie?"
„Sag bloß, du hast die Stinkbombe geworfen, weil du so gern Lokale ausräucherst?"
„Möglich."
„Wer steckt dahinter, Udo? Wer gab dir den Auftrag, die Bombe zu schmeißen?"
„Keine Ahnung."
„Ach, du selbst."
„So ist es."
„Es gibt zwei Möglichkeiten", sagte Turbo. „Entweder erzählst du uns alles, oder wir übergeben dich der Polizei."
Udo lachte schrill. „Was habe ich denn getan? Die Bullen werden mir nichts anhaben können. Ein Streich, mehr nicht."
„Vielleicht kennen sie dich bereits", sagte Ela. „Ich kann mir vorstellen, daß du schon Bekanntschaft mit ihnen gemacht hast."
Udo war plötzlich still. Er schaute unsicher zu Boden. Einige Gäste schimpften im Hintergrund. „Die ganze Kleidung stinkt nach dem Zeug." Zwei Männer wollten Udo an den Kragen, doch Ela konnte sie abwehren.
„Also?" fragte Randy.
„Ich weiß es nicht. Ich habe einen Fünfziger dafür gekriegt. Der Typ haute mich in der Spielhalle an, gab mir die Stinkbombe und den Schein. Ich sollte die Kugel in Leonardos Schuppen werfen, das ist alles."
„Sonst nichts?"
„Nein, mit einem Gruß von der Mafia, hat er gesagt. Den habe ich aber vergessen."

„Glaubst du ihm?“ fragte Turbo.

„Ich habe nicht gelogen!“ kreischte Udo. „Das stimmt alles. Ich . . . ich kenne den Macker nicht.“

„Solltest du ihm denn berichten, ob du Erfolg gehabt hast?“ fragte Randy.

„Nein.“

„Komisch, der muß doch wissen, ob sein Fünfziger gut angelegt worden ist.“

„Frag ihn doch.“

„Später.“ Randy und Turbo traten zurück. Udo war nicht mehr so in die Enge gedrängt und fühlte sich sofort sicherer.

„Kann ich jetzt verschwinden?“

„Meinetwegen.“ Randy deutete auf das Moped. „Da ist einiges verbogen. Ich glaube kaum, daß die Reparatur nur einen Fünfziger kostet. Da kannst du bestimmt mehr hinblättern.“

Udo drehte seinen Kopf weg und spie zu Boden. Dann ging er zu seinem Fahrzeug. Es war tatsächlich einiges krumm und schief. Das Hinterrad hatte gelitten. Er mußte das Moped schieben. Als er wegging, sprach er mit sich selbst, drehte sich noch einmal um und fluchte zu den Freunden rüber.

„Glaubt ihr ihm?“ fragte Ela.

„Der hat nicht gelogen“, meinte Turbo und konnte sich ein Lachen nicht verkneifen. „Ihr hättet mal sehen sollen, was der Knabe für einen Schreck bekam, als ich plötzlich neben ihm erschien und das Moped umstieß. Das war schon stark.“

Randy fuhr mit dem Zeigefinger über seinen Nasenrücken. „Hat er nicht von einem Gruß gesprochen, den die Mafia schickte?“

„Ja.“

„Siehst du, Ela, das war der Anfang.“

„Du meinst, es kommt noch dicker?“

„Dick wie Grütze, Mädchen, da verwette ich meinen Kopf.“

Ela winkte ab. „Der ist sowieso nichts wert. Du hast ihn ja nur, um die Ohren zu halten.“

Randy hätte ihr gern eine passende Antwort gegeben, doch Franco lief winkend auf sie zu. „Er ist weg, nicht? Ihr habt ihn laufenlassen.“

„Klar. Wolltest du mit ihm reden?"

„Nein, Turbo, schon gut." Er räusperte sich. „Das Zeug kratzt vielleicht im Hals. Ich dachte nur, daß er noch etwas gesagt hätte."

„Hat er auch."

„Und was?"

Turbo erklärte es ihm.

„Dünn", meinte Franco. „Sehr dünn." Er nagte auf der Unterlippe. „Das hätten wir uns auch denken können, daß es so kommt. Ich kenne die Methoden, die finden immer einen, den sie einspannen können. Später kommen sie dann selbst."

„Was sagt denn dein Vater?" wollte Ela wissen.

„Der ist sauer, sogar stinksauer." Franco schüttelte sich. „Die Gäste sind nicht alle verschwunden, aber einige haben sich verzogen, ohne zu bezahlen. Damit muß man rechnen."

„Geht der Betrieb denn weiter?"

„Ja."

„Auch wenn es stinkt?" fragte Ela.

„Das läßt sich aushalten."

Turbo deutete auf seinen Bauch. „Wenn ihr mich fragt, ich habe noch immer Hunger."

„Deine Vorspeisen sind bestellt."

„Dann kommt endlich."

Gemeinsam gingen sie wieder zurück. Im Lokal herrschte noch immer Durchzug. Die frische Luft hatte den Rauch fast völlig vertrieben. Natürlich roch es noch nach faulen Eiern, aber die Rauchwolken trieben nicht mehr über die Tische hinweg.

Sie lernten jetzt auch Francos Vater kennen. Leonardo Saracelli war ein schlanker Mann, dem sein Beruf nicht anzusehen war. Obwohl er sich in der Küche aufhielt, kochte und auch oft genug probieren mußte, hatte er keinen Bauch angesetzt. Auf seinen Wangen wuchsen Bartschatten, die dunklen Augen glänzten erfreut, als er Ela und die beiden Jungen begrüßte.

„Franco hat mir schon von euch erzählt. Tut mir leid, daß das passiert ist."

Turbo hob die Schultern. „Keine Sorge, Herr Saracelli, wir

haben uns den Kerl geschnappt. Der wird keine Stinkbomben mehr werfen. Wenigstens nicht bei Ihnen."

Ein Lächeln umzuckte die schmalen Lippen des Mannes. „Wir wollen es hoffen."

„Können wir wieder den gleichen Platz haben?" erkundigte sich Ela, während Franco von seinem Vater in die Küche geholt wurde.

„Selbstverständlich", erwiderte der Kellner. Er war lautlos wie ein Geist neben ihnen erschienen.

„Bestellt hatten wir schon", sagte Turbo. „Und die Getränke auch, das gleiche wie beim erstenmal."

„Ich weiß Bescheid." Der Kellner ging, Turbo setzte sich, Ela ebenfalls, nur Randy blieb stehen.

Er schaute durch das offene Fenster und bewegte seinen Kopf dann in Richtung Tür.

„Was hast du denn?" fragte Turbo.

„Paßt mal auf, wer da gleich kommt", flüsterte er und hatte den Satz kaum ausgesprochen, als jemand das Lokal betrat, den sie alle gut kannten. Ein noch junger Mann mit Halbglatze und dicker Brille, der ein wenig linkisch wirkte.

„Seimen Ägastes!" stöhnte Randy, „das darf nicht wahr sein..."

Der Lehrer hatte die Worte gehört, drehte sich um, und auf seinem Gesicht ging die Sonne auf, so sehr strahlte er, als er die Freunde entdeckt hatte. „Oh, ihr seid ja schon hier." Er kam an ihren Tisch. „Ist noch ein Plätzchen frei?"

„Klar, Herr Augustus."

„Gut." Der Lehrer setzte sich neben Turbo und zog die Nase hoch. „Ich will ja nicht meckern, aber stinkt es hier immer so?" fragte er leise.

„Nein, nur heute."

„Und weshalb?" Herr Augustus grinste. „Das kommt mir vor, als hätte hier jemand Chemie-Unterricht abgehalten und mit Schwefelwasserstoff experimentiert."

„Das Zeug nimmt man auch für Stinkbomben", sagte Randy.

Der Lehrer nickte sehr langsam. „Dann hat also jemand eine Stinkbombe geworfen?“

„Ja.“

„Ihr doch nicht.“

„Trauen Sie uns das zu?“ fragte Ela.

„Eigentlich nicht.“

„Es war ein erster Gruß der Mafia!“ flüsterte Turbo. „Die scheinen ihr Versprechen wahrmachen zu wollen.“

„Das ist natürlich böse.“ Herr Augustus bekam eine Speisekarte gereicht. „Von den drei Männern aus dem Wagen habt ihr nichts gesehen?“

„Noch nicht.“

„Das ist gut. Was kann man denn hier essen?“

„Alles“, sagte Turbo. „Es schmeckt unwahrscheinlich gut.“

„Na, dann wollen wir mal sehen.“ Herr Augustus schlug die Karte auf. „Bringen Sie mir zunächst einen Rotwein, bitte“, wandte er sich an den Kellner.

„Sehr gern.“

Herr Augustus entschied sich für eine Pizza, legte die Karte zur Seite, schaute sich um und fragte: „Wo steckt denn Franco?“

„Bei seinem Vater in der Küche.“

„Ach so.“ Der Lehrer beugte sich vor. „Wie hat es der Junge denn überstanden?“

Ela gab die Antwort. „Wissen wir nicht genau. Er ist jedenfalls nervös.“

„Das kann ich verstehen.“

Der Kellner brachte den Wein und eine Platte mit den von Turbo ausgesuchten Vorspeisen. „Ahhh, das sieht ja irre aus.“ Turbos Augen bekamen Glanz. „Stark, echt.“

„Guten Appetit wünsche ich.“

„Danke, Herr Augustus.“

Ela konnte es nicht lassen. Sie griff über den Tisch und stibitzte Turbo zwei Oliven. „He, du Klauerin. Ich dachte, du wolltest auf deine Figur achten.“

„Das tue ich auch. Deshalb nehme ich ja nur zwei von diesen blauen Murmeln.“

„Sonst hättest du mehr ...“

„Aber sicher.“

Turbo hob die Schultern, bevor er in die Runde schaute. „Es macht euch doch nichts aus, wenn ich schon anfange zu essen?“

„Nein, ganz und gar nicht, solange du nicht schmatzt.“ Randy grinste.

„Aus deinen Worten spricht der Neid.“ Turbo nahm die Gabel und pickte eine Tomatenscheibe auf, zusammen mit einem viereckigen Stück Schafskäse. „Das ist irre gut“, sagte er, als er genußvoll kaute. „Ihr hättet euch das auch bestellen sollen.“

„Er hat recht.“ Der Lehrer nickte. „Das sieht wirklich außergewöhnlich gut aus. Wenn die Pizza auch so ist ...“

„Ganz bestimmt, Herr Augustus.“ Lautlos war Franco Saracelli an den Tisch getreten und begrüßte den Lehrer.

„Na, Junge, wie geht es dir?“

„Gut, wirklich.“

Dann erschien Francos Vater und begrüßte den Lehrer ebenfalls. Der Wein ging auf Kosten des Hauses.

Die beiden Männer gingen kurz zur Seite und sprachen leise miteinander. Franco machte sich ganz klein. Irgendwie hat jeder Schüler ein schlechtes Gewissen, wenn Vater und Lehrer zusammenkommen.

Turbo schaufelte stumm seinen Vorspeisenteller leer. Er schaute auch nicht auf, als sich Herr Saracelli verabschiedete, der wieder zurück in die Küche mußte.

„Ich schaue später noch vorbei.“

„Ja, tun Sie das.“ Herr Augustus setzte sich. „Ein netter Mann, dein Vater.“

„Danke.“

„Was werdet ihr tun, wenn dieses Lokal noch einmal Besuch von ungebetenen Gästen bekommt?“

Die Freunde schauten sich an, zuckten ratlos mit den Schultern. Schließlich meinte Randy: „Wir wissen es noch nicht. Haben Sie nicht mit Herrn Saracelli darüber gesprochen?“

„Nein, ich habe das Thema bewußt vermieden.“ Er schaute Franco an, der sich einen Stuhl geholt hatte und neben ihm saß. „Es war doch in deinem Sinne, nicht wahr?“

„Ja, das stimmt."
„Dann sind wir uns ja einig."
Turbo nahm von dem frischen Brot, das auf dem Tisch stand, und putzte damit die Reste auf seinem Teller weg. „Ah, das hat richtig gut getan, Freunde. Das war ein Festtag für den Magen."
„Aber satt bist du nicht?" fragte Ela.
„Woher? Gleich geht es weiter. Was habe ich mir eigentlich bestellt?" wunderte er sich.
„Eine Pizza", sagte Randy.
„Klar, sogar Pizza-Spezial. Riesengroß. Vielleicht müssen wir sogar anbauen."
„Übertreibe mal nicht." Randy schaute aus dem offenen Fenster und sah draußen einen länglichen Schatten vorbeihuschen. Wahrscheinlich ein Fahrzeug, nicht weiter tragisch oder beunruhigend. Der Gestank hatte sich mittlerweile so weit verzogen, daß die Tür wieder geschlossen werden konnte. Auch die Fenster machte einer der beiden Kellner zu. Niemand von den Gästen protestierte.
Das Restaurant war wieder gut besetzt. In der anderen Hälfte gab es keinen freien Tisch mehr.
„Stinkbomben scheinen Gäste anzulocken", bemerkte Herr Augustus, probierte einen Schluck Wein und nickte anerkennend. „Kompliment, Franco, da hat dein Vater einen guten Griff getan."
„Der stammt aus Sardinien. Da sitzt was hinter, sagt mein..."
Jemand öffnete die Tür, der Vorhang bewegte sich, und plötzlich erschienen neue Gäste.
Drei Männer.
Genau die aus dem Fiat Croma!

5. Ein böser Besuch

„Ach du lieber mein Vater!“ flüsterte Ela. „Jetzt ist es mit der Ruhe vorbei.“

Franco sagte nichts. Er saß stocksteif da und war blaß geworden. Als er sich erheben wollte, hielt Herr Augustus ihn fest. „Bleib hier sitzen, Franco, und sei ganz ruhig.“

Sie sahen noch immer so gefährlich aus wie im Wagen und genossen ihren Auftritt. Dicht hinter der Tür blieben sie stehen.

An der Spitze stand der Mann mit dem kantigen Gesicht und dem krausen Haar. Dahinter kam das Fischgesicht. Der Kerl hatte den Mund zu einem breiten Grinsen verzogen und bewegte unruhig seine Finger, als wollte er jeden Moment nach irgendeiner Waffe greifen.

Hinter ihm stand der Fettkloß!

Ein Wahnsinn von einem Mann, weit über zwei Zentner schwer. Mit einem Kopf, der fast halslos auf den Schultern saß. Der Bauch wölbte sich vor wie eine Tonne. Erst im unteren Drittel wurde die Hose von einem stramm gespannten Gürtel gehalten. Arme und Beine sahen aus wie mächtige Stempel. Der ganze Mann wirkte wie eine dicke Mauer, die jeden aufhielt, der gegen sie rannte. Eine Gestalt, wie man sie sonst nur im Kino sehen konnte.

Auf dem Kugelkopf wuchs dünnes Haar in feinen Strähnen. Er hatte es zurückgekämmt. Zwischen den Strähnen schimmerte viel weiße Haut durch. Deshalb wirkte seine Stirn auch größer. Begrenzt wurde sie von zwei balkenartigen Augenbrauen.

Die Augen selbst verschwanden fast hinter Polstern aus Fett, aber sie waren ständig in Bewegung, beobachteten alles aufmerksam.

Das war schon ein Trio, als hätte es jemand erfunden. Aber trotz ihres grotesken Aussehens lachte niemand. Seit dem Eintritt der Kerle war es merklich stiller unter den Gästen geworden.

Hier und dort klapperte ein Besteck, ansonsten tat sich nichts. Mal waren auch ein paar Atemzüge zu hören. Sie klangen jedoch ziemlich gepreßt und abgehackt.

Die Kerle schauten sich um. Der Lockenkopf ging einen großen Schritt vor. Mit einer Handbewegung deutete er seinen Kumpanen an, stehenzubleiben.

Dann schaute er sich in dem Raum um, der von der Theke in zwei Hälften geteilt wurde.

„Willst du da hin, Luigi?“ fragte der Dicke.

„Nein, Aldo, da gefällt es mir nicht.“

Aldo holte ein Tuch aus seiner dunklen Anzugjacke und wischte über die Stirn. „Hier ist ja noch ein Tisch frei.“ Er meinte einen runden, der rechts von dem stand, an dem die Freunde mit Herrn Augustus saßen.

„Der gefällt mir auch“, sagte das Fischgesicht.

„Okay, Melli, setz dich schon.“

Die drei Typen redeten und bewegten sich völlig unnatürlich. Alles an ihnen wirkte einstudiert, als hätte ihnen ein Regisseur erklärt, was sie tun sollten.

Das Fischgesicht namens Melli bedachte die Freunde mit keinem Blick. Der Mann trug eine helle Jacke und dazu eine braune Hose. Er setzte sich.

Dann walzte der Dicke heran. Ächzend und schnaufend. Sein Blick huschte wieder wieselflink hin und her.

Reichte ein normaler Stuhl aus, oder würde er zusammenbrechen, wenn Aldo sich niederließ?

Die Frage schwebte unausgesprochen im Raum. Aldo hatte sich für einen normalen Stuhl entschieden. Er rülpste einige Male, bevor er sich hinsetzte, seine Beine ausstreckte und die Hände über dem Kugelbauch zusammenfaltete.

Zum Schluß kam Luigi. Er war so etwas wie der Kopf oder der Boß des Trios. Natürlich sah er die Freunde genau. Als sein Blick über sie hinwegschweifte, duckte sich Franco unwillkürlich zusammen. Er wollte nicht gesehen werden.

„Mann, o Mann“, sagte Turbo. „Jetzt ist mir der Appetit schon vergangen.“

„Mir auch!“ flüsterte Randy.

„Sie haben noch nichts getan!“ sagte Herr Augustus leise. „Haltet euch zurück.“

„Wir werden nicht anfangen“, sagte Ela schnell.

„Bedienung!“ rief das Fischgesicht. „Los, warum kommt denn hier keine Bedienung?“

Der zweite Kellner wieselte heran. Auch er hatte Farbe verloren. Unter dem langen Haar lief ihm der Schweiß hervor. Er wischte die Tropfen von seiner Stirn, bevor er die Karten verteilte.

Die übrigen Gäste hatten sich inzwischen an den Anblick des Trios gewöhnt, aßen und tranken weiter. Sie nahmen auch ihre Gespräche wieder auf.

„Wein!“ sagte der Dicke. „Bring deine besten Flaschen her!“

„Natürlich, sofort.“ Der Kellner machte sich fast in die Hose. Dann verschwand er eilig.

Luigi zog plötzlich die Nase hoch. „Verdammt noch mal!“ rief er so laut, daß jeder es hören konnte. „Hier stinkt es. Es stinkt nicht nur zum Himmel, sondern auch nach faulen Eiern. Müssen wir uns das gefallen lassen?“ Auffordernd schaute er in die Runde, doch es war niemand da, der ihm Beifall spendete.

Luigi saß dem dicken Aldo gegenüber. Er wandte sich halb zur Seite, so daß er zum Tisch der Freunde schauen konnte. Dabei zeigte er ein breites Grinsen. „Findet ihr nicht auch, daß es hier stinkt?“ erkundigte er sich lauernd.

„Klar!“ Ela hatte die Antwort gegeben.

„Gut, du Göre, gut. Und wie kommt das wohl?“

„Seit ihr hier hereingekommen . . .“ Sie verschluckte die letzten Worte aus Angst vor der eigenen Courage.

„Bist du wahnsinnig!“ zischelte Randy. Auch der Lehrer schüttelte den Kopf.

Luigi hatte die Worte trotzdem verstanden. Er wollte aufstehen, da erschien der Ober mit einer Flasche Rotwein. Er wandte sich direkt an Luigi. „Ist der Wein so recht?“

„Weiß ich nicht. Laß mich probieren.“

„Natürlich.“ Als sich der Kellner umdrehte, konnten die Freunde sein bleiches Gesicht sehen. Seine Hände zitterten, als er die Flasche öffnete. Glücklicherweise gelang es ihm, den Korken heil aus der Öffnung zu bekommen.

Der jüngere Kellner kam und stellte drei Gläser hin. Aldo und das Fischgesicht beobachteten ihn grinsend.

„Schenk ein und laß mich probieren!“ befahl Luigi.

„Das gibt Ärger!“ hauchte Franco. „Ich... ich weiß das. So fangen sie immer an.“

„Wie denn?“

„Wirst du gleich sehen, Ela.“

Der Ober reichte Luigi das kaum halbgefüllte Glas. Luigi hob das Glas an, schaute erst hinein, roch daran und probierte vorsichtig. Er gebärdete sich wie ein Weinkenner und großer Tester, denn er „kaute“ den Rebensaft.

Plötzlich beugte er sich vor und spie den Wein zu Boden. „Das ist ja Säure!“ fuhr er den überraschten Kellner an. „Wie kann man so etwas verkaufen?“

„Es ist unser Bester. Aus der Toskana.“

„Da komme ich her.“ Luigi lief rot an. „Was meinst du, was ich da schon für Wein getrunken habe.“

„Wahrscheinlich gepanschten“, murmelte Ela aufmüpfig.

Diesmal bekam Luigi nichts mit. Er hatte auch genug mit sich selbst und seinem Auftritt zu tun. Mit einer flinken Bewegung riß er dem Ober die Flasche aus der Hand. „Weißt du eigentlich, was das Zeug hier wert ist?“ schrie er.

„Ne... nein...“

„Dann will ich es dir zeigen.“ Bevor jemand eingreifen konnte, hatte Luigi die Flasche gekippt, und der Rotwein schoß in einem dicken Strahl zu Boden. Das Zeug spritzte auf den Kacheln auf und verteilte sich dort in mehreren Lachen.

Kein Gast griff ein. Den Leuten stand der Schrecken in den Gesichtern geschrieben.

„Ich wußte es!" hauchte Franco. „Ich wußte genau, was kommen würde." Er nickte heftig. „Das... das kenne ich."

Luigi leerte die Flasche bis zum letzten Tropfen, bevor er sie auf den Tisch stellte. „So, du komischer Pinguin!" sprach er den Ober an. „Was machst du jetzt?"

„Ich... ich hole den Chef."

„Aber schnell." Luigi lachte und rieb seine Hände. Die Sache lief genau nach seinem Geschmack.

Das Gespräch zwischen Luigi und dem Ober war von zahlreichen Gästen gehört worden, auch von Franco, der vor Aufregung fast fieberte. „Wenn die meinem Vater etwas antun, greife ich ein. Dann ist mir alles egal. Versteht ihr?"

„Nicht aufregen", sagte Herr Augustus. „Bleib ruhig. Eventuell werde ich etwas sagen."

„Sie?" Alle sahen ihn erstaunt an.

„Warum denn nicht?"

„Können Sie das denn?" fragte Turbo.

Einige Gäste wollten zahlen. Nervös riefen sie nach der Bedienung. Es war zu spüren, daß etwas in der Luft lag.

„Wo bleibt denn dieser komische Wirt?" rief Luigi. Er stand wütend auf. Sein Blick glitt in die Runde. Auf einmal zuckte es in seinem Gesicht. Er wandte sich wieder an die Freunde und tat, als hätte er sie erst jetzt entdeckt.

„Ja, wen haben wir denn da?" Blechern lachte er auf. „Kennen wir uns nicht?"

„Kaum", sagte Turbo.

„Sei du ruhig, Schlitzauge!"

Turbo bekam einen roten Kopf. Diesen Namen haßte er wie die Pest, es war für ihn eine Erniedrigung. Er wollte schon aufstehen, als er sah, wie Herr Augustus den Kopf schüttelte.

Luigi schlenderte auf den Tisch der Freunde zu, verfolgt von den interessierten Blicken seiner Kumpane. Die wußten, daß die Schau weiterging. Der Mafioso blieb so stehen, daß er Franco direkt ansehen konnte. „Du bist doch der Sohn, nicht?"

„Das stimmt."

„Und dann sitzt du hier herum und schlägst dir das Essen in den Bauch? Willst du deinem Alten nicht helfen. Es ist eine Schweinerei, daß er seinen Gästen Essig statt Wein serviert. Dieses Gesöff konnte man nicht trinken. So etwas sind wir nicht gewöhnt."

„Der Wein war gut!" behauptete Franco.

„Tatsächlich?" flüsterte Luigi. „Bist du davon wirklich überzeugt?"

„Ja!"

„Dann kannst du ihn probieren. Los, leck mal die Lache auf. Probier ihn."

Auf einmal wurde es still. Alles schaute Franco an, der sich in der Klemme fühlte.

Selbst Ela war verstummt. Sie spürte eine Gänsehaut auf dem Rücken. Randy und Turbo saßen wie angenagelt auf ihren Plätzen, aber in ihnen brodelte es.

„Na, was ist?"

„Der Wein war wirklich gut. Und jetzt lassen Sie uns bitte in Ruhe." Die Worte tropften in die Stille. Keiner der Freunde hatte sie gesagt, es war Herr Augustus gewesen. Mit seinem Eingreifen hatte er sogar Luigi überrascht.

Erst als das Fischgesicht Melli lachte, gewann der Mafioso seine Fassung zurück. „Hast du auch schon was zu sagen, du abgebrochener Bleistift? Was willst du?"

„Daß Sie sich setzen."

Luigi nickte, nur tat er das Gegenteil davon. Er streckte den Arm aus und griff nach dem Glas des Lehrers. „Hör zu, du Knalltüte. Ich sehe, daß du auch Rotwein trinkst. Vielleicht ist deiner besser, meiner war nicht gut." Bevor sich Herr Augustus versah, hatte Luigi das Glas gekippt. Die rote Flüssigkeit ergoß sich über den Kopf des Lehrers und rann in dünnen Fäden über dessen Gesicht, am Hals und am Kinn herab, bevor sie im Kragen versickerte.

Melli grunzte vor Lachen. Fischgesicht wieherte wie ein Pferd und schlug sich auf die Schenkel.

Herr Augustus atmete heftig durch die Nase. Das Geräusch war zu hören. Er sah die Blicke der Schüler auf sich gerichtet und wurde sehr ruhig. Mit einer normalen Bewegung holte er ein Taschentuch hervor und wischte damit über seinen Kopf. Einige Tropfen rannen über die Lippen und suchten den Weg in seinen Mund.

„Na?“ fragte Luigi.

„Das hätten Sie nicht tun sollen.“

„Und weshalb nicht?“

„Deshalb!“

Blitzschnell stieß Herr Augustus seine flache Hand gegen die Brust des Mafioso. Mit dieser Aktion überraschte er alle Zuschauer. Luigi kippte zurück und stolperte plötzlich über das Bein, das der Lehrer ihm schnell noch gestellt hatte.

Luigi verlor den Halt, fand sich auf dem Boden wieder und rutschte in die Weinlache hinein, die die leergekippte Flasche hinterlassen hatte.

Von seinen Kumpanen lachte niemand mehr, geschweige denn Luigi selbst, der vor Wut rot anlief.

Für einige Sekunden blieb er auf seinem feucht gewordenen Hinterteil hocken, dann drückte er rechts und links die Hände auf den Boden und stemmte sich hoch.

„Ich hoffe, das reicht Ihnen“, sagte der Lehrer.

„Nein, du Bleistift. Das reicht nicht. Weißt du was, jetzt fängt der Spaß erst an.“

„Ich warne Sie, Mann. Ich gehöre nicht zu den Leuten, die sich zusammenschlagen lassen. Ich sehe zwar nicht so aus, als würde ich...“

„Wie du aussiehst, ist mir egal. Ich werde mit dir abrechnen, darauf kannst du dich verlassen.“

„Sie wollten mich sprechen.“ Leonardo Saracelli war aus der Küche gekommen. Luigi fuhr überrascht herum.

„Meine Güte, Vati!“ rief Franco. Er stieß seinen Stuhl so heftig zurück, daß dieser umkippte...

6. Ideen muß man haben

„Ich bin ja mal gespannt, wo du mich heute hinführst, mein lieber Al."

„Sag doch nicht immer Al zu mir. Ich heiße Alfred."

„Der Name ist mir viel zu altmodisch."

„Gefällt dir deiner besser?"

„Klar. Nicole ist doch modern oder nicht?"

„Kommt darauf an, wie man es sieht."

Die beiden saßen im alten Daimler der Ritters, den Alfred sich ausgeliehen hatte. Sie waren zu einem Park gefahren und dort spazierengegangen, wonach Alfred seine Flamme noch zu einem Eis eingeladen hatte.

Nicole kannte er seit zwei Wochen. Sie arbeitete als Sekretärin in einer Autowerkstatt, in der Alfred den Wagen hatte generalüberholen lassen.

Er hatte noch warten müssen und Nicole kennengelernt. Sie war 25 und immer in Action. Das schwarze Lockenhaar stand ihr gut. Bei ihrer Figur konnte sie leicht Miniröcke tragen, was sie auch gerne tat. Eigentlich war sie recht nett, nur fiel Alfred ihre Neugierde auf den Geist. Immer wollte sie etwas wissen, vor allen Dingen über die Ritters, denn sie hatte gehört, daß die Familie in einem Schloß lebte.

„Wo fahren wir jetzt hin? Zum Schloß?" Nicole war richtig wild auf die Antwort.

Alfred blieb gelassen. „Nein."

„Weshalb nicht?"

„Da komme ich her."

„Aber ich nicht. Ich liebe Schlösser."

Alfred grinste. „Türschlösser oder..."

„Hör auf, mich auf den Arm zu nehmen. Wann stellst du mich den Ritters mal vor?" Sie winkte sofort ab. „Nein, das brauchst du ja nicht. Du kannst mir einfach nur das Schloß zeigen, claro?"

„Später."

Nicole quängelte weiter. „Warum nicht heute?"

„Weil ich Hunger habe. Ich will etwas essen."

„War das Eis denn nichts?“

„Zu wenig. Ich brauche etwas Anständiges im Magen. Kommst du mit oder willst du...“

„Loswerden willst du mich, wie? Um hinterher allein in die Kneipe zu gehen...“

„Ich habe einen Wagen und würde auch gern den Führerschein behalten. Entscheide dich.“

Nicole maulte und schaute aus dem Fenster. Herrliche Bäume säumten die Straße. Nicht weit entfernt lag die Rennbahn von Grafenberg. Die Sonne war gesunken. Ihre letzten Strahlen fielen fast waagerecht in einem warmen Rot über das Land. Sie verzauberten die Gegend.

„Ist es nicht herrlich hier?“ fragte Alfred.

Nicole hob die Schultern. „So romantisch bin ich nicht. Wenn ich die Augen schließe und träume, dann stelle ich mir das Meer vor, einen herrlichen Strand, dahinter Palmen...“

„Ja, ja, ja und Hotels, die mehr als zwanzig Stockwerke haben und innen vor Lärm fast bersten.“

„Jetzt bist du unromantisch.“

„Nee, ein Tatsachenmensch.“

„Mit dir kann man auch nicht reden.“ Nicole schüttelte den Kopf. „Fahr schon los zu deiner Pizzeria.“

„Das ist es nicht, sondern ein gutes italienisches Restaurant, obwohl du dort auch Pizza essen kannst.“

Sie schaute ihn von der Seite her an. „Warst du da schon öfter?“

„Noch nie.“

„Woher weißt du denn, daß es so toll ist.“

„Das habe ich mir erzählen lassen.“

„Hoffentlich nicht von einem Blinden.“

„Auch die haben Geschmack oder können schmecken.“ Alfred war wieder angefahren und rollte in den anbrechenden Abend hinein. Am Himmel hatte sich schon die dunkle Wand der Dämmerung aufgebaut, die sich immer weiter vorschieben und die Helligkeit des zur Neige gehenden Tages verdrängen würde.

Alfred liebte Tage wie diese, obwohl er heute eine innere

Unruhe nicht verleugnen konnte. Es lag an den Vorgängen, die ihm geschildert worden waren.

Sollte sich die Mafia tatsächlich für das Lokal interessieren, konnte es gefährlich werden. Hätte ihn Nicole jetzt allein lassen wollen, er hätte zugestimmt.

Sie schaute aus dem Fenster und stimmte sich schon auf Italien ein, denn sie pfiff einen Hit von Eros Ramazotti leise vor sich hin. Viel Verkehr herrschte in dieser Gegend nicht. Auch dort, wo sich das Lokal befand, hielt er sich in Grenzen.

Sie rollten zunächst am Restaurant vorbei und bogen an der Ecke nach rechts ab, wo schon ein dunkler Fiat Croma stand.

Alfred parkte den Daimler direkt davor und stieg aus. Auch Nicole verließ den Wagen. Sie reckte sich, während sie ihre dünne Leinenjacke überstreifte. Der abendliche Wind war zu dieser Jahreszeit noch ziemlich kühl.

„Wollten wir nicht reingehen und etwas essen?“ fragte sie und beschwerte sich indirekt darüber, daß ihr Begleiter den Fiat Croma umkurvte.

„Moment.“

„Interessiert dich der Wagen?“

„Schon...“ Alfred war eingefallen, daß Randy bei seinem Bericht einen dunklen Fiat Croma erwähnt hatte, mit dem die drei Mafiosi gefahren waren.

Und hier parkte ein solcher Wagen. Alfred glaubte nicht an Zufälle. Er ging davon aus, daß es das Fahrzeug der Mafia-Gangster war.

Durch die getönten Scheiben konnte er nicht viel erkennen. Jedenfalls hatten sie nichts Verdächtiges zurückgelassen.

„Komm endlich!“ drängte Nicole.

„Moment noch.“ Alfred griff in die Jackentasche und holte einen kleinen Gegenstand hervor. Er bückte sich und heftete den Gegenstand blitzschnell an das Bodenblech.

„Was suchst du denn da unten?“

„Nichts weiter.“ Alfred lächelte Nicole an, als er auf sie zuging und ihr den Arm reichte. „Dann wollen wir mal.“

Nicole war nicht zufrieden. „Hast du unter dem Wagen eine Bombe befestigt?“

„So ähnlich, Nicole."
Sie schüttelte ihre schwarzen Locken. „Ach, du bist blöd, Alfredo."
„Wieso Alfredo?"
„Weil wir jetzt zu einem Italiener gehen. Ist doch klar wie Kloßbrühe..."

7. Auf des Messers Schneide

„Ruhig, Junge, sei ganz ruhig!" flüsterte Leonardo Saracelli. „Das ist jetzt meine Sache."
Luigi gefror das Grinsen auf den Lippen. Die Hose klebte an seinem Hinterteil, sicher ein unangenehmes Gefühl. Zwei Gäste schlichen aus dem Lokal. Die Frau hatte es noch eiliger als der Mann, der sich noch einmal verstohlen umschaute.
„Wir kennen uns, Saracelli!"
„Ich kann es nicht leugnen."
Luigi zupfte wieder an seiner Hose. „Haben Sie es sich überlegt? Ich hatte Ihnen einen Vorschlag gemacht."
„Ich weiß."
„Reden Sie!"
Leonardo Saracelli schüttelte den Kopf. „Ich werde Ihnen keinen Pfennig in den Rachen stecken! Sie bekommen nichts! Verlassen Sie das Lokal, klar?"
„Ach!" Mehr sagte Luigi nicht. Er hatte wohl nicht damit gerechnet, daß sich der Wirt so bestimmt seinen Forderungen entgegenstellen würde. Er wußte nicht, was er sagen sollte.
„Gehen Sie, Luigi. Verschwinden Sie! Ich will Sie hier nie mehr sehen. Das gleiche gilt für Ihre Kumpane."

Das Fischgesicht meldete sich mit meckernder Stimme. „Laß dich nur nicht fertigmachen von diesem Maccaroni-Koch. Dem werden wir es zeigen." Melli stand langsam auf.

„Das meine ich auch!" sagte Luigi. Er schüttelte sich dabei. Es war nicht zu erkennen, ob er sich damit lockern wollte oder ob er es wegen seiner klebrigen Hose tat.

Auch der Dicke blieb nicht länger sitzen. Bei ihm kam das Aufstehen schon einem Kraftakt gleich. Aldo stöhnte auf. Es sah aus, als wäre es ihm unangenehm, sich so abzumühen. Schließlich stand er da und sein dicker Bauch wabbelte. Die Gäste blieben sitzen, bis auf das Schloß-Trio und natürlich Franco. Er huschte hinter den Stühlen vorbei, wollte zu seinem Vater. Da plötzlich war ihm ein Balken im Weg.

Jedenfalls kam es Franco so vor, denn er rannte genau gegen den ausgestreckten Arm des Dicken und federte wieder zurück. Bevor er jedoch unter dem Arm wegtauchen konnte, griff Aldo zu. Er bekam den Jungen im Nacken zu fassen und hielt ihn fest.

„Lassen Sie das!" schrie Saracelli. Er wollte Franco befreien, als Luigi eingriff und bewies, daß er keinen Spaß verstand. Seine Handkanten säbelten von zwei Seiten durch die Luft. Sie trafen den Wirt hart. Saracelli wurde durchgeschüttelt. Er wankte zurück, sein Blick hatte einen stumpfen, gläsernen Ausdruck bekommen. Mit dem Rücken fiel er gegen das Glas der Vorspeisenvitrine, dann konnte er sich nicht mehr auf den Beinen halten und sank zu Boden.

Luigi nickte. „Das wäre Nummer eins", sagte er und schaute sich um. „So, Freunde, jetzt werden wir mal aufräumen." Er griff unter seine Jacke und zog einen Gummiknüppel hervor. „Jeder bleibt auf seinem Platz hocken!" schrie er in das Lokal und winkte Melli zu, der hinter dem runden Tisch hervorkam.

Auch Melli war mit einem Hartgummiknüppel bewaffnet. „Euch passiert nichts!" rief er. „Bleibt nur ruhig sitzen. Wir werden hier ein wenig Spaß haben." Er lachte schrill und schlug bereits zu.

Der Gummiknüppel landete im Glas der Vitrine, das mit einem Knall zersprang.

Lachend holte Melli die Vorspeisen hervor. Er nahm die noch gefüllten Teller einzeln heraus und schleuderte sie in das Lokal hinein, wo die Gäste in Deckung gehen mußten, um nicht von Tomaten, Käse oder irgendeinem Gemüse getroffen zu werden. Öl und Soße spritzten wie Regentropfen umher.

„Hören Sie auf!" schrie Franco, der im Griff des Dicken zappelte. „Hören Sie endlich auf!" Er hatte einen roten Kopf bekommen, wollte sich befreien, konnte die Klammer aber nicht sprengen.

Turbo nickte Randy zu. „Lassen wir uns das noch länger gefallen?" fragte er leise.

„Nein!"

„Dann los!" zischte auch Ela.

Bevor die Jungen sich versahen, war sie bei Melli. Sie trat ihm in die Kniekehlen. Damit hatte der Mafioso nicht gerechnet. Er wollte die letzten Reste aus der Vitrine räumen, als er kippte und über die Platten fiel.

Ela schaute sich rasch um und mußte lachen, als sie sah, wie sich Turbo den Dicken vorgenommen hatte.

Bevor dieser reagieren konnte, stand Turbo schon vor ihm. Er streckte ihm die Zunge heraus, so daß sich der Kerl auf das Gesicht des Jungen konzentrieren mußte. Dann trat Turbo zu.

Mit der Hacke erwischte er die Zehen des Dicken, der seinen Mund aufriß und losheulte wie eine plötzlich eingeschaltete Sirene. Den Tritt konnte keiner verkraften, Aldo lockerte den Griff zwangsläufig, so daß Franco ihm entwischen konnte.

Randy war in den anderen Teil des Restaurants gelaufen. Hier wütete Luigi.

Er schlug mit den Hartgummiknüppel alles kurz und klein. Die beiden Kellner waren bleich wie Hammelfett. Sie standen in der Ecke und rührten sich nicht, während Luigi den Knüppel über Gläser, Teller und Schalen tanzen ließ.

Ein wahnsinniger Lärm erfüllte das Lokal. Je mehr Luigi zerschlug, um so stärker wurde sein Drang weiterzuwüten, bis ihm plötzlich jemand auf die Schulter tippte.

Das war nicht Randy, sondern Herr Augustus, der dem Jungen schnell gefolgt war.

Luigi drehte sich auf der Stelle, sah für einen Moment das bebrillte Gesicht des Lehrers und schlug zu.

Und zwar waagerecht, von links nach rechts.

Blitzschnell ging Herr Augustus in die Knie, und der Gummiknüppel pfiff über seinen Kopf hinweg. Fast gleichzeitig kam er wieder hoch und mit ihm sein rechtes Knie.

Luigi taumelte zurück. Er preßte eine Hand auf seinen Magen. „Ich hatte Ihnen doch gesagt, daß ich ganz gut bin", sagte der Lehrer und hob seinen Zeigefinger.

Randy griff nach einer Schale, die in der Nähe stand. Die darin liegenden halbwarmen Spaghetti sahen aus wie lange, weiße Würmer. Zwei Sekunden später ringelten sie sich über Luigis Kopf, denn Randy hatte die Schüssel über ihm ausgeleert. Er setzte noch eins drauf, wie man so schön sagt, als er zur Ketchup-Flasche griff und sie auslaufen ließ.

„Das wird dir schmecken!"

Herr Augustus hatte sich bereits abgewandt. Verfolgt von den staunenden Gästen stellte er sich dem nächsten Gegner. Es war Melli, der wieder aus der Vitrine herausgeklettert war. An seiner Kleidung klebten Glassplitter, der Rest der Vorspeisen verteilte sich auf seinem Gesicht und auch an den Hosenbeinen.

Dann hatte der Lehrer Pech.

Er wollte es ganz genau machen, sprang in die Höhe und stieß den rechten Fuß vor, um Melli mit einem Karatetritt zu treffen. Nur vergaß er die Lachen auf dem Boden.

Mit dem linken, dem Standbein, rutschte er weg, knallte hin, und Melli schlug sofort zu.

Herr Augustus hatte keine Chance. Er wurde an der Stirn getroffen, wo ihm sofort eine Beule wuchs. Jedenfalls trat er für die nächste Zeit weg.

Luigi steckte voller Zorn und Wut. Er räumte Ketchup und Nudeln aus seinen Haaren, kam wieder auf die Beine und konzentrierte sich auf Randy Ritter. Er schleuderte ihm ein italienisches Schimpfwort entgegen, während Randy vor dem Mafioso zurückwich und aus dem Augenwinkel nach Ela und Turbo schielte.

Randy schielte zu lange, denn jetzt griff Melli an. Seine Arme waren wie Klammern, der Junge würde sich aus eigener Kraft nicht aus dem Griff befreien können.

Melli stank nach Salat, Öl, Soße und Gemüse. Randy hörte sein dreckiges Lachen dicht an seinem linken Ohr. „Jetzt wird sich Luigi für das nette Essen bedanken, das du ihm geschenkt hast." Er zerrte Randy hart zurück.

Der dicke Aldo kümmerte sich um Ela und Turbo. Franco kniete neben seinem Vater und strich über dessen Gesicht.

Aldo schnaufte wie eine altersschwache Lok. Er drängte beide durch seinen massigen Körper einfach zurück. Ela und Turbo kamen nicht vorbei. Sie waren schon fast in der Nähe des Tisches, an dem sie vorher gesessen hatten.

Ela spürte plötzlich den Druck eines Stuhls in ihrem Rücken. Dicht über sich sah sie ein verschwitztes Gesicht. Turbo wollte wegtauchen, aber Aldo schlug zu.

Mit der flachen Hand traf er Turbos Wange. Der hatte das Gefühl, als hätte ihm jemand Teig an den Kopf geworfen. Dann kippte er nach links über den Stuhl auf den Tisch.

„Ich werde euch lehren, mich hier zu treten, ihr verfluchten Flöhe. Ich kann euch versprechen, daß ihr Aldo nicht vergessen werdet. Niemals, ihr Bälger."

Turbo schlug zu. Er wollte nicht aufgeben, doch der Dicke wußte sich zu wehren. Die Faust des Jungen klatschte gegen die Handfläche des Mafioso. Aldo lachte, er hatte seinen Spaß.

Den wollte auch Luigi haben. Eigentlich sah er lächerlich aus, mit den Resten der Nudeln und des Ketchups auf dem Kopf und im Gesicht.

Doch Randy war nicht nach Lachen zumute. Melli hielt ihn nach wie vor fest. Zwar stemmte sich Randy gegen den Griff, er wollte ihn nach zwei Seiten hin sprengen, aber er kam gegen die Kraft des Gangsters nicht an.

„Das hättest du nicht tun sollen", sagte Luigi. Er hielt den Hartgummiknüppel in der rechten Hand und schlug locker auf seine freie Handfläche. „Nein, das hättest du nicht tun sollen. Es gibt Dinge, da bin ich sehr empfindlich, weißt du? Du doch auch, oder?"

Randy sagte nichts. Er konnte nicht mehr reden. Seine Kehle war wie zugeschnürt. Die Angst stieg ihm vom Magen her hoch.

Luigi nickte. Es war nicht zu erkennen, wen er meinte. Melli oder Randy.

Dann holte er aus!

Da wagte Randy alles. Bevor der Knüppel ihn erwischen konnte, stemmte er sich im Griff des hinter ihm stehenden Mafioso ab. Sie hatten ähnliches immer an den Kletterstangen in der Turnhalle geübt... Die Arme um die waagerecht angebrachten Stangen klemmen, die Beine hochheben, um dabei die Muskulatur zu stärken.

Das hatte Randy nie gemocht. Diesmal jedoch kam ihm das Training zugute. Außerdem hatte Luigi mit einer Gegenwehr nicht gerechnet. Randy erwischte ihn, bevor er von dem Gummiknüppel getroffen werden konnte.

„Ooohhh..." Der Schläger stöhnte auf und hielt sich seinen Leib. Auch Melli war von Randys Aktion überrascht worden, obwohl er persönlich davon nicht betroffen war. Er hatte unwillkürlich seinen Klammergriff gelockert, was Randy sofort merkte.

Jetzt konnte er ihn sprengen.

Mellis Arme flogen nach rechts und links weg, als wollten sie vom Körper abfallen.

Randy war frei. Er drehte sich blitzschnell, stieß Melli gegen die Brust und schleuderte ihn über den Tresen. Dann rannte er dorthin, wo der dicke Aldo sich mit seinen Freunden beschäftigte.

Das heißt, er wollte es.

Mitten in der Bewegung stoppte Randy, denn die Tür flog auf und ein Paar betrat das Lokal.

Ein Mann und eine Frau.

Die Frau kannte Randy nicht, den Mann aber um so besser. Es war sein Freund Alfred!

Mit einem Blick hatte Alfred die Lage erkannt. Während Nicole entsetzt die Hände vor ihr Gesicht schlug, stürmte Alfred an Randy vorbei. Er hatte Luigi gesehen, der in Randys Rükken erschienen war und gerade den Gummiknüppel hob.

Alfred war schneller als der Mafioso. Bevor Luigi zuschlagen konnte, traf seine Faust.

Der dunkelhaarige Mafiamann gurgelte auf. Dann drehte Alfred sich zur Seite und schlug noch einmal zu.

Er traf mit der Handkante den rechten Oberarm. Luigis Gesicht verzerrte sich. Der Mann war hart im Nehmen und hatte bei der Ehrenwerten Gesellschaft sicherlich eine entsprechende Ausbildung bekommen. Jetzt kam ihm noch Melli zu Hilfe.

Aber da hatte sich schon Randy an ihn gehängt und verhindert, daß er nach Alfred treten konnte. Melli knurrte wütend.

Währenddessen war es Turbo in der Ecke gelungen, einen Stuhl hochzureißen, gerade als der dicke Aldo ihn und Ela mit dem Tisch gegen die Wand drücken und dort einklemmen wollte.

Der Junge haute dem Dicken den Stuhl um die Ohren. Er traf die Schulter, und Aldo schüttelte sich, als hätte man ihn mit eiskaltem Wasser begossen.

So konnte er nicht gestoppt werden. „Ihr Mücken!“ keuchte er. „Wenn ihr denkt, daß ihr mich fertigmachen könnt, so habt ihr euch geirrt. Ich bin schon mit ganz anderen...“

Da fiel ein Schuß!

Der peitschende Knall veränderte die Situation radikal. Plötzlich war das ganze Lokal wie erstarrt. Niemand rührte sich mehr. Der Schuß hatte allen bewiesen, wie gefährlich es war, noch etwas zu unternehmen. Auch Alfred war zurückgewichen, Randy ebenfalls. Beide standen sie dicht bei Luigi, der eine Waffe gezogen und in die Decke gefeuert hatte.

Eine Körperlänge nur war der Mafioso von beiden entfernt. Der hätte nie vorbeigeschossen. Die Theke befand sich in seinem Rücken. Auf dem Boden lagen Scherben und die Reste des Essens. Statuengleich hockten die Gäste an den Tischen.

Alfred schaute den Mafioso hart an. „Leg sie weg!“ forderte er den Mann auf. „Leg die Waffe weg! Wer sie in die Hand nimmt, ist auch bereit, zu schießen!“

Luigi – schon ziemlich lädiert – verzog die Lippen. „Klar, ich werde schießen, wenn ihr nicht vernünftig seid.“

„Was sollen wir tun?“

„Euch still verhalten, ganz still.“ Er schaute auf Melli. „Los, hol den Dicken.“

„Und dann?“

„Hol ihn schon, verdammt."

„Okay." Das Fischgesicht verschwand. Randy und Alfred hörten, wie er mit seinem Kumpan redete, dann erschienen beide und bewegten sich auf die Tür zu.

Luigi ging ebenfalls. Nicht eine Sekunde ließ er dabei Alfred aus den Augen. Instinktiv hatte er ihn als den gefährlichsten Gegner eingestuft, und da hatte er sich auch nicht getäuscht.

Auf Messers Schneide hatte die Lage gestanden, jetzt war sie gekippt. Die Mafiosi begaben sich auf den Rückzug. Alles konnten sie vertragen, nur kein öffentliches Aufsehen. Sie waren Gangster, die mehr im Geheimen arbeiteten und sich von keinem in die Karten schauen lassen wollten.

Nicole war an der Tür stehengeblieben. Ihre Hände waren langsam nach unten gesunken. Ungläubig schaute sie in das Lokal hinein.

„Geh aus dem Weg!" fuhr der Mafioso sie an. „Hau endlich ab! Verschwinde! Mach Platz!"

Erschreckt trat sie zur Seite und machte so den Durchgang für den dicken Aldo frei. Luigi hatte ihn angewiesen, den draußen parkenden Wagen aufzuschließen.

Aldo hatte Mühe, durch den Vorhangspalt zu schlüpfen. Dahinter lag die Tür, die er mit seinem Bauch auframmte. Dann war er draußen.

Das Fischgesicht folgte ihm. Mellis Lippen zuckten, als würde ein Angelhaken darinhängen. Luigi blieb noch. Er hielt sich vor dem Ausgang auf und zielte mit dem schweren Revolver in das Lokal. „Okay, ihr Freunde des italienischen Essens. So weit – so gut. Ihr bleibt jetzt sitzen, bis wir verschwunden sind. Das wird mindestens fünf Minuten dauern. Verstanden? Fünf Minuten!"

Nach dieser Rede zog er sich zurück. Irgendeine Antwort hatte er sowieso nicht erwartet.

„Mann, war das ein Ding!" stöhnte jemand im Hintergrund. „Das war ja furchbar."

„Richtig!"

„Ich will nicht mehr, ich will nicht mehr!" Eine junge Frau fing an, leise zu weinen.

Der letzte Befehl des Mafioso war auf fruchtbaren Boden gefallen. Kaum jemand bewegte sich, bis auf Alfred. Der dachte nicht daran, den Befehlen Folge zu leisten. Er wußte, daß Luigi nur gedroht hatte und mit der Schockwirkung rechnete.

Mit ein paar langen Sätzen huschte er auf den Ausgang zu. Nicole wollte ihn noch festhalten, aber Alfred schüttelte ihre Hand ab und verschwand hinter dem Vorhang. Er hörte, wie der Motor eines Autos angelassen wurde. Der Fiat stand rechts. Alfred jagte um die Ecke.

Um zwei Sekunden kam er zu spät. Er hatte vergessen, sich beim Anbringen der Wanze das Kfz-Kennzeichen zu merken, jetzt war der Croma bereits zu weit entfernt. Alfred hörte nur mehr das Aufheulen des Motors in der Kurve, dann war der Fiat seinen Blicken entschwunden.

Aber da gab es noch die Wanze unten an dem Bodenblech...

Als er sich umdrehte, stürmten die Gäste wie in einer Woge aus dem Lokal. Kaum einer wollte noch bleiben. Der Schock, den der Mafiabesuch hinterlassen hatte, war zu groß.

„He, he, he!" rief Alfred, als er beinahe umgerannt wurde. „Habt ihr es immer so eilig?"

Ein jüngerer Mann blieb vor ihm stehen. „Wir müssen die Polizei verständigen!" rief er.

„Gut, machen Sie das!"

Auch Nicole kam. Sie stürzte ihrem Freund Alfred entgegen. „Nein, so nicht, mein Lieber." Beim Sprechen fuchtelte sie mit beiden Händen. „Das mache ich nicht mehr mit. Es ist ja lebensgefährlich, mit dir in ein Lokal zu gehen. Tut mir leid, Alfred. Wenn du mal Lust hast, kannst du mich anrufen. Ansonsten sind wir geschiedene Leute. Ich... ich..."

„Schon gut, Nicole, schon gut. Reg dich wieder ab."

„Ich bin weg!"

„Ja, tschüß."

Vor Wut stampfte Nicole noch einmal mit dem Fuß auf, drehte sich auf dem Absatz herum und rauschte davon.

Alfred hob die Schultern. „So sind die Frauen", murmelte er und betrat das Lokal.

Es sah aus wie auf einem Schlachtfeld.

Franco Saracelli kümmerte sich um seinen angeschlagenen Vater, der es geschafft hatte, sich auf einen Stuhl zu setzen. Er hielt ein Glas Wasser in der Hand. Auf seiner Stirn war eine Beule gewachsen.

Nicht weit entfernt betastete ein anderer sein Horn. Es war Herr Augustus. Jedesmal, wenn er mit der Fingerspitze gegen die Beule drückte, verzog er das Gesicht.

Am wenigsten hatte es das Schloß-Trio erwischt, obwohl die Freunde ziemlich belämmert aus der Wäsche schauten. Sie hatten ihre Stühle wieder aufgestellt und hockten niedergeschlagen am Tisch. Im Hintergrund räumten die Kellner und zwei Männer vom Küchenpersonal auf. Soweit es möglich war, schufen sie Ordnung, fegten die Scherben zusammen und putzten auch über den mit Ketchup und Soße verschmierten Boden.

„Wie geht es euch?“ fragte Alfred.

Ela gab die Antwort. „Mies. Wir haben es nicht gepackt. Die waren besser oder so.“

„Kaum. Die Sache ist ihnen aus den Händen geglitten. Sie mußten fliehen, sie haben zuviel Aufsehen erregt.“

„Aber sie werden zurückkommen!“ rief der Wirt. Er hob beide Arme. „So schnell geben sich diese Kerle nicht geschlagen. Ich weiß das von meinen Kollegen.“

„Vorausgesetzt, man läßt sie!“ sagte Alfred.

„Das meine ich auch!“ mischte sich Herr Augustus ein. „Man muß ihnen das Handwerk legen. Wir werden die Polizei benachrichtigen und ihr eine Beschreibung der Gangster liefern...“

„Nein, nein, nein...!“ Der Wirt schüttelte den Kopf. „Ich will die Polizei nicht.“

„Weshalb denn nicht?“

„Weil ich an meine Familie denken muß. Diese Leute kennen kein Pardon. Die Mafia ist brutal, sie schreckt vor nichts zurück. Das... das wissen Sie doch auch.“

„Ja – schon, aber...“

„Kein aber.“

„Papa, bitte. Stell dich nicht so an. Jetzt haben wir die Chance, die Bande zu zerschlagen.“

„Man kann die Mafia nicht zertreten.“ Leonardo bekam einen traurigen Gesichtsausdruck. „Einer meiner Freunde hat sie mit einer mehrköpfigen Schlange verglichen. Wenn du einen Kopf abschlägst, wachsen zwei oder drei an der gleichen Stelle nach. Die Mafia arbeitet weltweit. Die hat Beziehungen, da können wir alle nur staunen. Es gibt keine Chance.“

„Im Prinzip haben Sie natürlich recht“, sagte Alfred. „Allgemein können wir sie nicht schlagen, aber man kann einen Anfang machen. Hier, in Düsseldorf, da kann es klappen. Es ist die Politik der Nadelstiche. Wenn wir diese Gruppe ausheben, wird es dauern, bis...“

„Ich will die Polizei nicht.“

„Damit müssen Sie sich abfinden, Herr Saracelli. Die Gäste werden der Polizei Bescheid geben.“

„Was soll ich denn sagen, wenn sie kommt? Daß die Leute Luigi, Melli und Aldo geheißen haben? Mehr wissen wir nicht. Wo sie wohnen, ist uns unbekannt. Die werden sich versteckt halten, darauf könnt ihr euch verlassen. Nein, es sieht trübe aus. Die Mafia versteht es immer, sich rechtzeitig genug aus dem Geschäft zurückzuziehen und erst später wieder aufzutauchen. Ich kenne das, ich habe meine Erfahrungen sammeln können, glaubt mir. Die Kollegen, die ähnliches erlebt haben, zahlen heute und sind ruhig.“

„Das wollen Sie der Polizei sagen?“ fragte Herr Augustus.

„Ja.“

„Begreife ich nicht.“ Der Lehrer schob seine Brille zurück. „Wir müssen natürlich bei der Wahrheit bleiben.“

„Habe ich vor, die Unwahrheit zu sagen?“
„Nein, aber...“
„Papa, bitte.“ Franco redete wieder. „Jetzt kommt es auf dich an. Ganz allein auf dich. Du bist derjenige, der alles in die Hand nehmen kann, wirklich.“
Leonardo Saracelli war nur schwer zu überzeugen. Er schüttelte den Kopf. „Franco, ich kenne jemanden, der es auch versucht hat. Wenn du ihn heute besuchen willst, muß du auf den Friedhof gehen. Die Mafia kennt kein Pardon, glaube es mir.“
„Sollen wir denn alles so laufenlassen?“ Franco warf dem Schloß-Trio einen hilfesuchenden Blick zu. „Das war jetzt der zweite Besuch, die werden immer schlimmer. Ich... ich habe wirklich Angst davor, daß man nicht mehr frei atmen kann. Du hast das Geschäft, Papa. Willst du denn dein ganzes Leben zahlen?“
„Anderen geht es ebenso.“
„Man muß einen Anfang machen!“ sagte Alfred. „Wenn es einer wagt, dann hat das für die anderen Wirte Signalwirkung. Sie werden erkennen, daß die Mafia nicht allmächtig ist. Außerdem sind wir hier nicht in Sizilien. Einen derartig großen Einfluß wie dort im Süden hat die Mafia bei uns zum Glück nicht. Aber Leute wie Sie, Herr Saracelli, helfen unbewußt mit, den Einfluß zu vergrößern. Wenn die Kerle auf keinen Widerstand mehr stoßen, breiten sie sich immer weiter aus.“
„Warum soll ich den Anfang machen? Warum ich?“
„Einer muß es tun“, sagte Randy.
„Junge, du hast gut reden. Ich meine...“
Da hörten sie die Sirenen. Wie auf Kommando drehten alle die Köpfe und schauten zu den Fenstern. Hinter den Scheiben flackerte bereits das geisterhafte Licht der Polizeiwagen. Wahrscheinlich war es ein Kommando mit großer Besatzung.
Leonardo wischte über seine Stirn, doch er schaffte es nicht, den Schweiß wegzubekommen. In seinen Augen stand Furcht, der Hals war ihm trocken geworden, sogar das Schlucken tat weh.
In der nächsten halben Stunde wurde jeder von ihnen befragt. Sie nahmen kein Blatt vor den Mund, gaben die Be-

schreibungen der Mafiosi durch und nannten auch deren Vornamen.

Die Polizisten notierten die Aussagen und kamen natürlich auf den möglichen Grund des Überfalls zu sprechen.

Da schwieg Herr Saracelli.

Dafür redete Franco. Er konnte es einfach nicht länger aushalten. Der Junge war rot angelaufen. Er sprach mit hoher, hektisch klingender Stimme und erzählte von den widerlichen Erpressungen der Gangster aus Italien.

Leonardo Saracelli sah aus, als wollte er jeden Moment davonlaufen und sich in ein Mauseloch verkriechen. Er war mit der Aussage seines Sohnes überhaupt nicht einverstanden.

Dafür die Beamten. Sie hatten schon die Fahndung durchgegeben und über den Zentralcomputer nachfragen lassen, ob die drei Gangster, von denen leider nur die Vornamen bekannt waren, schon registriert seien.

Die Antwort war negativ.

„Das habe ich mir gedacht", sagte Alfred. „Wenn die Mafia in Deutschland operiert, dann mit Leuten, die sie aus Italien holt und die hier noch nicht aufgefallen sind."

„Sie kennen sich aber gut aus."

Alfred lächelte. „Ich bin eben informiert."

Der lange Blick, den ihm der Hauptwachtmeister zuwarf, amüsierte Alfred beinahe. Wahrscheinlich traute ihm der Mann nicht so recht über den Weg.

„Erstatten Sie Anzeige, Herr Saracelli?"

Plötzlich wurde es still. Sämtliche Augen richteten sich auf den Wirt. „Anzeige?" hauchte er. „Gegen wen soll ich Anzeige erstatten? Ich kenne die Leute doch nicht."

„Gegen Unbekannt!"

Saracelli schluckte, runzelte die Stirn, strich über die Wangen, hob die Schultern...

„Ja, Papa, das mußt du machen!" drängte Franco.

Auch seine Schulkameraden nickten. Das Schloß-Trio war der gleichen Ansicht.

„Was bringt es denn?"

„Nun ja, Sie haben sich damit abgesichert."

Leonardo Saracelli nickte. „Ja“, sagte er dann leise. „Ja, ich werde Anzeige erstatten.“

Franco strahlte und warf sich seinem Vater in die Arme. „Jetzt bin ich so stolz auf dich, Papa.“

„Ich aber nicht auf mich“, erwiderte sein Vater leise...

Von den Saracellis hatten sie sich bereits verabschiedet. Vor der Tür reichten Alfred, Ela, Turbo und Randy der Reihe nach einem Mann die Hand, den sie alle unterschätzt hatten.

„Stark, wie Sie das gemacht haben, Herr Augustus“, sagte Randy. „Hätte ich nie gedacht.“

„Nicht Augustus – Ägastes gefällt mir viel besser.“

„Nein, ich meine...“ Randy wirkte plötzlich verlegen.

„Hör zu, mein Freund. Ein Lehrer, der keinen Spitznamen hat, der ist nicht akzeptiert. Ich freue mich wirklich darüber, finde es toll. Ihr braucht euch nicht zu genieren.“

„Wenn Sie meinen.“

„Und ob ich das meine.“ Er schaute sich um, sein Fahrrad lehnte an der Wand. „Dann werde ich mich mal auf den Heimweg begeben. Ich liebe diese Fahrten durch die Nacht. Wir sehen uns dann am Montag in der Schule, Randy. Und gebt gut auf Ela acht.“ Er wandte sich an das Mädchen. „Du bist manchmal sehr wild, zu vorwitzig.“

„Das ist meine Natur. Wir Mädchen sind auch nicht mehr so wie früher, glaube ich.“

Der Lehrer nickte beim Wegfahren. „Das habe ich gemerkt.“ Dann verschluckte ihn die Dunkelheit.

„Puh“, sagte Turbo, „das war ein harter Strauß. Und was machen wir vier schönen Menschen jetzt?“

„Bezeichnest du dich etwa als schön?“ fragte Ela.

„Was sonst?“

„Ja, schön dumm vielleicht.“

Turbo drohte ihr mit dem Finger. „Denk daran, was Seimen Ägastes gesagt hat. Nicht so vorlaut oder schnippisch.“

Randy wechselte das Thema. „Ihr werdet lachen, aber jetzt bekomme ich Hunger. Mir zittern zwar noch die Knie, dafür nicht der Magen. Gesagt haben wir alles.“

Alfred grinste. „Ich bin vorhin an einer Würstchenbude vorbeigefahren. Eine Currywurst könnte ich auch vertragen. Los, steigt ein, Freunde, wir fahren hin."

„Das ist doch eine superstarke Idee." Turbo jubelte, obwohl er ja schon etwas im Magen hatte.

Ela schaffte es, neben Alfred zu sitzen. Sie machte ihre Beine lang und reckte sich. „Eigentlich ist es komisch", sagte sie. „Wir fahren jetzt ab und lassen Franco mit seinem Vater allein zurück. Ein schlechtes Gewissen habe ich schon."

„Was hätten wir denn sonst machen sollen?" fragte Turbo.

„Weiß ich auch nicht."

„Es ist schon richtig, was wir getan haben", sagte Alfred.

„Wieso?"

„Das erkläre ich euch gleich, Ela. Erst mal muß ich meinen knurrenden Magen beruhigen."

Der „Freßstand" hatte noch geöffnet. Er lag etwas abseits der Straße, wo Alfred auch parken konnte.

„Viermal Currywurst mit Pommes", bestellte er bei dem jungen Mann mit der weißen Schürze.

„Aber rot-weiß!" rief Ela.

„Also Mayo und Soße?"

„Genau, Alfred."

„Wo ist eigentlich deine Flamme?" wollte Randy wissen.

Bevor Alfred eine Antwort geben konnte, lachte Michaela auf. „Die ist abgehauen."

„Stimmt." Alfred nickte. „Meine Gegenwart erschien ihr zu gefährlich. Mit so etwas muß ich leben."

Randy nickte. „Ja, ja", meinte er mit fast traurig klingender Stimme. „Es ist nicht einfach, bei den Ritters zu leben und dort sein Geld zu verdienen."

„Da sagst du was."

In den folgenden zehn Minuten beschäftigten sie sich nur mit der Wurst und den Pommes. Sie hatten sich an den Daimler gelehnt und schaufelten das Futter in den Mund.

Alle waren jetzt zufrieden. Turbo hatte seinen Teller als erster geleert. „Nun geht es mir besser", kommentierte er und warf den Pappteller in den Abfalleimer. „Auf zu neuen Taten."

„Wo sollen die denn stattfinden?“ erkundigte sich Ela.

„Wir müssen der Mafia auf der Spur bleiben.“

Alfred wischte mit einer Serviette über seine Lippen und sagte dann: „Da hat er gar nicht mal so unrecht.“

Das Schloß-Trio staunte ihn an. Im Dunkeln wirkte Alfreds Gesicht wie ein heller Fleck. „Habe ich richtig gehört?“ fragte Randy. „Meinst du das so, wie du es gesagt hast?“

„Klar.“

„Wie denn genau...“

„Los, in den Wagen.“

Mehr sagte Alfred nicht. Die Spannung auf den Gesichtern der Freunde blieb und verstärkte sich noch, als Alfred aus dem Handschuhfach einen kleinen Kasten holte, der ziemlich flach war, Ähnlichkeit mit einem Sprechfunkgerät aufwies und sogar eine Antenne besaß, die Alfred jetzt hervorzog.

„Was ist das denn?“ fragte Ela erstaunt.

„Ein Empfänger.“

„Und wo befindet sich der Sender?“ meldete sich Randy vom Rücksitz. „Du läufst doch nicht grundlos damit herum.“

„Stimmt. Der Sender sitzt dort, wo es die Mafiosi nicht erwarten. Und zwar unter ihrem Wagen. Ich habe ihn an das Bodenblech des Croma geheftet.“

„Nein!“ rief Ela.

„Doch!“ Alfred lachte und schaltete das Gerät ein. „Es ist ein sehr leistungsstarker Sender. Das heißt, er wird seine Signale über Stunden hinweg abgeben.“

„Dann können wir die Gangster verfolgen.“

„Richtig, Turbo. Falls sie nicht über einen Radius von fünfzig Kilometer hinausgefahren sind.“ Alfred regulierte noch etwas nach und hob die linke Hand, als ein schwacher Piepton zu hören war. „Das sind sie!“ flüsterte er.

„Aber wo?“

„Wir müssen uns nach der Lautstärke des Pieptons richten, Ela. Je lauter das Signal wird, um so dichter kommen wir an die Typen heran.“

„Und das willst du?“

„Ja.“

„Und wir können mit?“ erkundigte sich Randy.
„Ich weiß nicht. Ich würde am liebsten bei euch vorbeifahren und euch absetzen.“
„Nein, kommt nicht in die Tüte. Mitgefangen, mitgehangen. So heißt es schließlich.“
„Das sind keine Chorknaben“, warnte Alfred. „Ich kann das nicht verantworten.“
„Gut, einigen wir uns auf einen Kompromiß“, schlug Ela vor. „Wenn wir ungefähr wissen, wo sie stecken, halten wir uns zurück. Was sagt ihr dazu?“
Turbo und Randy waren einverstanden. Schließlich gab auch Alfred seine Zustimmung.
Randy ballte die Hände zu Fäusten. „Wenn die wüßten, wer ihnen auf den Fersen ist“, flüsterte er.
„Dann würden sie sich vor Angst in die Hosen machen!“ fügte Turbo hinzu.
Daß Ela daraufhin lachte, war natürlich klar. Wie hätte sie sich auch ändern sollen ...?

8. Mafia-Rache

Carlotti, der *Capo* (Chef), war bleich wie eine Kinoleinwand, als er sich den Bericht seiner Männer angehört hatte. Sie standen vor seinem Schreibtisch. Beschmiert mit Soße, Ketchup und Nudeln, mit hochroten Köpfen, aber voller Wut.
Carlotti beherrschte sich nur mühsam. „Und das stimmt, was ihr mir da erzählt habt?“
„*Si*“, sagte Luigi.
„Es stimmt alles?“

„Wir haben nicht gelogen."

Carlotti schlug mit der flachen Hand auf seinen Schreibtisch, daß selbst die Lampe anfing zu wackeln, und die stand sehr fest. „Nein, nein! Ich kann es nicht glauben. Ich kann mir nicht vorstellen, daß es Männer gibt, die so blöde sind wie ihr. Das will nicht in meinen Kopf. Das ist mir unbegreiflich." Er winkelte die Arme an, spreizte die Hände und raufte sich theatralisch die Haare. „So etwas kann man doch mit euch nicht machen. Das waren Jugendliche, die euch da..." Er drehte sich zweimal um die eigene Achse und bekam einen regelrechten Tobsuchtsanfall. Wütend schnellte er von seinem Stuhl hoch, rannte quer durch das Zimmer, packte eine Vase und schleuderte sie zu Boden. Die Scherben spritzten durch den Raum und flogen unter Sessel und Sofas. „Ihr Idioten habt euch tatsächlich von Halbwüchsigen fertigmachen lassen. Da komme ich nicht mit. Das... das will ich einfach nicht glauben."

„Es waren die Umstände."

„Halt dein Maul, Fischgesicht! Sonst drehe ich noch mehr durch." Er funkelte seine Leute an. „Figuren seid ihr, lächerliche Gestalten! Ich packe es nicht." Er schlug so hart gegen seine Stirn, daß er selbst zusammenzuckte. „Es will hier nicht rein. Da läßt man euch aus Palermo kommen und ihr..." Er verschluckte sich fast an seinen eigenen Worten, drehte sich hastig um und lief zum Tisch, auf dem eine noch gut gefüllte Grappaflasche stand. Das daneben stehende Wasserglas schenkte er zu einem Drittel voll und jagte sich die gelbliche Flüssigkeit in einem Zug die Kehle hinunter.

Danach hustete er. Seine Leute beobachteten ihn. Sie wagten nicht, ihn anzusprechen.

„Und wie soll es weitergehen?" brüllte er die Männer an. „Wie? Könnt ihr mir das sagen?"

„Wir wollten erst mit dir reden, Carlotti."

„Danke, Luigi, danke. Wie großzügig von euch." Carlotti deutete eine spöttische Verbeugung an. „Nur nicht selbst nachdenken, nur nicht. Das könnt ihr auch nicht. Euch muß man alles vorkauen. Kein Aufsehen, habe ich gesagt, und wenn Aufsehen, dann so, daß die Leute eingeschüchtert werden."

„Sie haben sich gewehrt“, sagte Aldo. „Damit konnten wir nicht rechnen. Der Wirt hatte Verstärkung.“

„Drei oder vier Halbwüchsige – lachhaft.“

„Die haben Rummel gemacht. Es waren nicht nur sie. Da kam noch einer mit Brille hinzu, dann jemand mit einem Schnäuzer!“ verteidigte Luigi sich und seine Kumpane.

„Na und?“

„Bevor es zu schlimm wurde, haben wir uns verzogen.“

„Wohin? Hierher, natürlich!“ Carlotti gab sich selbst eine Antwort auf die Frage. „Habt ihr mal darüber nachgedacht, daß euch jemand gefolgt sein könnte?“

„Es war keiner hinter uns!“ behauptete Melli.

„Ach, das hast du gesehen?“

„Uns ist nichts aufgefallen.“

„Und die Bullen? Was ist damit?“

„Die waren nicht mit im Spiel“, erklärte Luigi. „Wirklich nicht, die sind nicht erschienen.“

„Man wird sie alarmiert haben, man wird ihnen genaue Beschreibungen von euch gegeben haben. Die werden jetzt eure Namen kennen. Darüber solltet ihr nachdenken.“

„Das nutzt ihnen nichts. Wir sind doch hier noch gar nicht aufgefallen.“

„Und wenn sie Interpol einschalten. In Italien kennt man eure Visagen schon.“

Die Mafiosi wurden still. Sie wußten, daß Carlotti recht hatte und suchten noch immer nach einer Lösung des Problems. Luigi faßte sich als erster. „Wie soll es weitergehen?“

„Gute Frage, sehr gute sogar. Wir können nicht aufhören, das ist klar. Erstens würde es mir nie gelingen, der Zentrale einen Grund zu nennen, und wenn wir hier versagen, dann ssssttt!“ Er führte seine Handkante am Hals entlang.

Niemand widersprach. Die Männer wußten, wie gnadenlos die Zentrale mit Versagern verfuhr.

„Also“, fuhr Carlotti fort. „Müssen wir die Scharte selbst ausmerzen. Klar?“

Drei Köpfe nickten.

„Habt ihr Vorschläge?“

„Bis jetzt noch nicht", gab Luigi kleinlaut zu. „Du weißt ja, wir wollten erst..."

„Ja, ich weiß, mit mir reden. Wie hat sich der Wirt verhalten?"

„Er hatte Schiß!" behauptete Aldo, und seine beiden Kumpane stimmten ihm zu.

„Große Angst?"

„Das glauben wir schon."

„Dann könnte er also Druck vertragen?"

„Bestimmt."

Carlotti nickte, bevor er zu Boden schaute. Er dachte nach. Schließlich hatte er einen Entschluß gefaßt und ging auf das grüne Telefon zu. „Ich werde mit ihm reden."

„Was willst du ihm sagen?"

Carlotti lachte. „Luigi, ganz einfach. Ich werde ihm erzählen, daß wir kommen."

„Wie? Zu ihm?"

„Ja, *amico*. Wir beide gehen hin und kassieren unsere erste Rate. Alles paletti?"

Luigi lächelte krampfhaft. So ganz gefiel ihm der Plan nicht. „Was ist denn mit Aldo und Melli?"

„Die bleiben hier und lecken ihre Wunden. Du kannst dich ruhig duschen gehen."

Luigi verschwand.

„Und ihr könnt auch abhauen!" schrie Carlotti die beiden Zurückgebliebenen an, die wie die Ölgötzen auf ihren Chef starrten. So schnell wie er dann verschwand, hatte man Aldo selten laufen sehen.

„Mama mia", rief Carlotti und verdrehte die Augen. „Womit habe ich das nur verdient?" Der Grappa kam ihm wieder hoch, er mußte aufstoßen. Die Telefonnummer von Leonardo Saracelli hatte er sich aufgeschrieben und tippte sie in das Tastenviereck. „Wundern wird der sich, wundern!" sprach er mit sich selbst.

Es läutete einige Male durch, bevor sich jemand meldete. Eine junge Stimme sagte nur: „Ja?"

„Du bist Franco?"

„Wer sind Sie denn?"

„Das spielt keine Rolle. Ich will deinen Vater sprechen. Gib ihm den Hörer."

„Nein, nur wenn Sie sagen, wer Sie sind!"

„Hör zu, Junge, ich bin ein Freund. Und wenn man einen Freund im Stich läßt, kann dieser leicht zu einem Feind werden. Hat dir das noch niemand gesagt?"

„Sie gehören zu den Verbrechern!"

Carlotti mußte lachen. „Verbrecher ist gut, das ist sogar sehr gut. Nur sind wir keine Verbrecher, sondern eure Beschützer. Ist dir das nicht klar?"

„Ja, das habe ich gesehen, wie Sie uns beschützen. Wollen Sie kommen und aufräumen?"

„Gib mir deinen Vater!" Carlotti war jetzt wütend. Er fühlte sich von dem Jungen auf den Arm genommen. Dann hörte er im Hintergrund eine leise Männerstimme. Sekunden später drang die Stimme Saracellis an sein Ohr.

„Wer ist denn da?"

„Dein Beschützer, Pizza-Bäcker."

Eine Schweigepause entstand.

„Bist du noch dran, Pizza-Bäcker?"

„Leider."

„Wie hat es dir gefallen?"

„Ihre Männer sind abgezogen, Herr Unbekannt."

Carlotti lachte schallend. „Nicht doch, Meister. Das war erst der Anfang, verstehst du?"

„Was wollen Sie?"

„Die erste Rate!"

„Ich ... ich begreife nicht ..."

„Doch, du begreifst schon. Für den Anfang reichen zweitausend Mark. Die werde ich heute noch von dir kassieren."

„Soviel Geld habe ich nicht ..."

„Komm mir nicht mit der Ausrede. Du hast die Scheine, das weiß ich. Wenn du dich weigerst, fackeln wir deine Bude noch in dieser Nacht ab. Anders ausgedrückt: wir zünden sie an."

Leonardo flüsterte leiser: „Das würden Sie nie wagen, nein, das wagen Sie nicht."

„Hör mal zu, Saracelli. Du hast vor einigen Stunden einen Tiger gereizt. Da hatte das Tier seine Krallen noch nicht ausgefahren. Das ist jetzt anders, Meister. Der Tiger wird zurückschlagen, und er hat seine Opfer im Visier. Du wirst die zweitausend Mark in eine Tasche packen und zum Bahnhof fahren. Wir treffen uns dort auf dem Bahnsteig. Ich gebe dir jetzt die genaue Beschreibung. Bahnsteig vier. Hast du verstanden, Saracelli? Bahnsteig vier."

„Das habe ich."

„Wirst du kommen?"

„Wann?"

„Schon besser, *amico*. In genau zwei Stunden, also um Mitternacht."

„Und wenn ich nicht erscheine?"

„Steht deine Pizza-Bude um diese Zeit nicht mehr." Mit diesen Worten legte Carlotti auf. Er war zufrieden. Saracelli hatte Angst, das war ihm klar geworden. Er mußte einfach spuren, er würde auch kommen. Der Hinweis auf das Feuer war keine leere Drohung gewesen. So etwas gehörte bei der Mafia fast zum Alltagsgeschäft.

Carlotti schrie nach seinen Männern. Luigi kam aus dem Bad, mit nassen Haaren und halb angezogen. Auch Aldo und das Fischgesicht erschienen. Fragend schauten sie ihren Boß an.

„So", sagte Carlotti und rieb seine Hände. „Was ihr Idioten nicht geschafft habt, hat mich nur einen Telefonanruf gekostet. Ich habe mit Saracelli gesprochen. Er wird uns noch heute die erste Rate übergeben. Zweitausend."

„Nein", sagte Melli.

„Doch. Und zwar um Mitternacht am Bahnhof. Bahnsteig vier. Da treffen Luigi und ich ihn. Ihr bleibt hier und hütet das Haus wie zwei Kindermädchen. Hoffentlich seid ihr dazu fähig. Wenn wir zurückkommen, ist auch Saracelli weichgekocht."

Luigis hölzern wirkendes Gesicht verzog sich in die Breite, als er lächelte. „Ja, das ist eine gute Idee. Das ist die große Schau." Er lachte laut. „Da bin ich voll und ganz mit einverstanden."

„Dann zieh dich an. Du fährst nämlich." Carlotti verschwand wieder in seinem Arbeitszimmer. Er brauchte noch einen Grappa.

Leonardo Saracelli hatte Tränen in den Augen, als er den Hörer zurücklegte. Mit geballten Fäusten stand er hinter der Theke und schaute vor sich hin, ohne irgend etwas richtig wahrzunehmen. Er dachte an sich, seine Familie und an die Zukunft, die plötzlich sehr düster aussah.

Nicht weit entfernt hielt sich Franco auf und beobachtete seinen alten Herrn. Der Junge hatte Teile des Gesprächs mitbekommen. Er ahnte, was da auf sie zukam.

„Was ist geschehen, Papa?"

„Es war ihr *Capo*."

„Das dachte ich mir. Na und?"

„Er will Geld!" sagte der Mann mit tonloser Stimme. „Zweitausend Mark soll ich ihnen bringen."

„Wohin?"

„Egal."

Franco legte beide Hände um den außen vorbeilaufenden Handlauf. „Aber das tust du doch nicht, Papa? Du läßt dich von diesen Leuten nicht erpressen, nicht wahr?"

„Ich werde es tun."

„Nein!"

„Ja!" schrie Saracelli plötzlich. „Ja und ja und ja. Sonst brennen sie uns das Lokal ab. Das hat er gesagt, und das waren keine leeren Worte, glaub mir. Die sind dazu fähig."

„Glaube ich nicht."

„Ich kenne die Mafia. Ich kenne sie. Es wäre nicht das erste Restaurant, das sie auf diese Art und Weise zerstört hätten. Ich werde die zweitausend Mark nehmen und sie ihnen geben."

„Dann kommen sie wieder. Morgen, übermorgen, in der nächsten Woche, im kommenden Monat. Sie wollen immer mehr Geld. Sie saugen uns aus wie eine Zitrone."

„Vielleicht."

„Nicht vielleicht, bestimmt sogar. Du kennst doch ihre Methoden. Dann mußt du auch darüber Bescheid wissen."

„Das ist leider richtig. Nur kann ich es nicht verantworten, daß sie zurückkommen und uns eine Brandbombe in das Lokal werfen."

„Sag es der Polizei! Die kommt und schützt uns."

„Heute bestimmt, aber was ist mit morgen und übermorgen?" Saracelli war hilflos. „Die Polizei kann uns nicht immer schützen, Junge. Das mußt auch du wissen."

„Es gibt noch eine Chance, Papa."

„Und welche?"

„Du gehst nicht allein zum Treffpunkt. Du läßt dich von der Polizei beobachten. Sie muß sich im Hintergrund halten. Das wäre eine Chance, Papa. Glaub mir." Beschwörend schaute Franco seinen Vater an. Er hoffte, daß dieser auf den Plan eingehen würde.

„Glaubst du tatsächlich, daß ich die Polizei überzeugen kann?"

„Ja!"

„Ich nicht. Was meinst du, was die mir sagen, wenn ich anrufe und um Schutz bitte."

„Sie werden ihn dir gewähren. Sie wissen doch, daß unser Lokal überfallen worden ist."

„Franco, ich bin anders. Ich kann mich nicht an die deutsche Polizei wenden. Ich will es allein durchstehen, begreifst du das? Ich möchte deine Mama und dich nicht in Gefahr bringen. Lieber leide ich. Es wird sich schon eine Möglichkeit ergeben, daß wir es..."

„Wann denn, Papa?"

„Das weiß ich nicht." Er hob die Schultern. Dann schaute er auf die Uhr. „Ich ziehe mich jetzt um und gehe."

„Wohin?"

„Tut mir leid, Franco, ich kann es dir nicht sagen. Je weniger du weißt, um so besser ist es für dich." Er versuchte zu lächeln. „Drücke uns die Daumen, daß alles klappt."

Hastig drehte sich Leonardo Saracelli um und verschwand durch eine Hintertür.

Franco blieb zurück. Mit leeren Blicken starrte er gegen die Thekenwand. Tränen rannen über sein Gesicht.

9. Heiß geduscht und kalt erwischt

In der Straße war es um diese Zeit still. Auch die Beleuchtung hielt sich in Grenzen. Hie und da verbreiteten Laternen ein spärliches Licht.

Durch die geöffneten Wagenfenster drang das Zirpen der Grillen. Im Gras der Vorgärten veranstalteten sie ihr frühsommerliches Konzert.

Alfred und die drei Freunde hockten geduckt im Wagen. Wenn jemand vorbeifuhr, konnte man den Wagen für leer halten. Sie hatten sich absichtlich so tief in die Sitze gedrückt, denn so gelang es ihnen, das Haus zu beobachten, ohne selbst aufzufallen.

Aber es kam ihnen nicht nur auf das Haus, sondern auch auf den in einer Garageneinfahrt parkenden Fiat Croma an. In seinem Lack spiegelte sich das Licht einer Gartenlampe.

Die kleine Wanze hatte ebenso perfekt gearbeitet wie der Empfänger. Durch das Signal war es ihnen tatsächlich gelungen, den Ort einzukreisen. Alfred hatte zunächst eine große Runde gefahren. Erst als sich die Signale verstärkten, konnte er auf den richtigen Kurs gehen, der sie an den Stadtrand gebracht hatte, wo die Bebauung längst nicht mehr so dicht war und zwischen den Häusern oft große Gärten lagen.

Die Spannung unter ihnen war gestiegen. Sie standen erst seit einigen Minuten vor dem Haus. Wenn sie sprachen, dann unterhielten sie sich flüsternd. Niemand sollte sie hören, keiner durfte Verdacht schöpfen. Ganz besonders nicht die Mafiosi.

Hinter den Bäumen eines Vorgartens stand das Haus. Seine Form war nicht zu erkennen, es schien relativ flach. Schwach nur schimmerte Licht durch das Geäst.

„Ja“, sagte Alfred, „wir hätten sie. Jetzt könnten wir eigentlich der Polizei Bescheid geben.“

„Und dann?“

„Sind wir aus dem Schneider, Randy.“

Turbo meldete sich mit einem Grunzen, und Alfred mußte lachen. „Gefällt dir nicht, wie?“

„Genau.“

„Was ist der Grund?"

„Wir haben nichts in der Hand. Die werden nicht abstreiten, im Restaurant gewesen zu sein, aber wegen so einer kleinen Schlägerei buchtet man die Leute nicht ein, zudem liegt nichts gegen sie vor."

„Das meine ich auch", meldete sich Ela, und Randy nickte dazu.

„Nun ja, dann müssen wir uns etwas anderes einfallen lassen." Alfred richtete sich auf. „Vielleicht sollte ich mal klingeln und mich bei ihnen melden."

Randy lachte. „Das wird ihnen nicht gefallen."

„Kann ich mir denken."

„Geh in Deckung", zischte Ela. „Da kommt jemand. Jedenfalls habe ich eine Tür schlagen hören."

Sekunden später vernahmen sie Stimmen und Schritte. Da hatten sie sich bereits noch tiefer in den Wagen hineingeduckt. Vorsichtig schielten sie durch die geöffneten Scheiben nach draußen.

Zwei Männer näherten sich dem Fiat. Einer schloß die Fahrertür auf. Als er sich vorbeugte, konnte ihn Randy erkennen. „Das ist Luigi!" meldete er.

„Und der zweite?" fragte Ela.

„Den kenne ich nicht."

„Ich auch nicht", sagte Turbo.

Auch Alfred hatte sich auf den Unbekannten konzentriert. „Sieht ziemlich elegant aus, der Knabe", murmelte er. „Chicer Blazer, helle Hose, könnte der Boß sein."

„Meinst du den großen Absahner?" flüsterte Ela.

„Bestimmt."

Luigi wollte fahren. Er öffnete seinem Chef die Tür von innen. Als dieser in die Helligkeit hineinglitt, zeichnete sich sekundenlang sein scharfes Raubvogelprofil ab.

„Der sieht brutal aus", flüsterte Ela.

Mit einem lauten Knall fiel der Wagenschlag ins Schloß. Luigi startete.

Sekunden später erreichte das Auto die Straße und glitt an dem parkenden Daimler vorbei.

Schnell wie der Blitz waren die vier Insassen abgetaucht. Sie wollten kein Risiko eingehen.

Erst als das Motorengeräusch verklungen war, erschienen sie wieder aus der Versenkung.

„Das waren sie also“, flüsterte Randy. „Den einen kennen wir. Aber was ist mit dem Fischgesicht und dem Fettkloß? Könnt ihr mir das sagen, Freunde?“

„Die sind noch im Haus“, sagte Ela.

„Warum?“ fragte Turbo.

„Mich interessiert etwas ganz anderes“, sagte Alfred. „Wo können die beiden hingefahren sein?“

„Wir hätten sie verfolgen sollen.“

„Nein, Randy, aber ich werde herausfinden, wo sie hingefahren sind.“ Alfred stieß die Tür auf. „Jetzt sind wahrscheinlich nur zwei Personen im Haus.“

„Du willst da hinein?“

„Klar.“

Ela fragte weiter. „Aber wie denn?“

„Ganz einfach. Ich klingele und lasse mir die Tür öffnen.“

„Das tun die nie!“

„Vielleicht steht auch ein Fenster offen“, grinste Alfred und stieg rasch aus.

„Wir wollen mit!“ meldete sich Turbo.

„Gut, bleibt aber draußen.“ Alfred sah ein, daß er seine Begleiter nicht im Daimler hockenlassen konnte. Eigentlich hatte er sie ja zum Schloß fahren wollen, Frau Ritter würde sich allmählich Sorgen machen. Wenn es sich ermöglichen ließ, wollte Alfred kurz anrufen.

Das Schloß-Trio ließ Alfred einen genügenden Vorsprung und hielt sich selbst im Schatten der Vorgartenhecke.

Leer lag die Einfahrt vor ihnen. In der Verlängerung führte sie geradewegs auf die geschlossene Tür einer Garage zu. Der kleine Anbau befand sich fast am Ende des Hauses und würde in den hinteren Garten hineinstoßen.

Etwa zwei Meter davor konnten sie die Eingangstür sehen. Sie lag in einer Nische.

Alfred war stehengeblieben. Er wollte sich das kleine Namenschild oberhalb der Klingel anschauen, aber im Licht einer Feuerzeugflamme sah er, daß nichts darauf geschrieben stand. Das Schloß-Trio war inzwischen wieder aufgeschlossen.

Randy blickte an der Fassade hoch. In der unteren Hälfte war sie von Ranken bewachsen, die sich wie Schlangen in die Höhe zogen. „Willst du klingeln?“ fragte er.

Alfred schüttelte den Kopf. „Nein, Freunde, ich schaue mich mal um und werden durch den Garten schleichen. Vielleicht finde ich eine offene Hintertür.“

„Oder ein Fenster, nicht?“ Ela grinste heimlich.

„Auch das.“

„Dann bleiben wir hier“, sagte Turbo.

„Das will ich auch meinen. Vier Personen machen mehr Lärm als eine.“

„Du brauchst um uns keine Sorgen zu haben.“ Ela lächelte kokett. „Wir sind brav.“

„Ha, ha, das kenne ich aus der Vergangenheit.“ Mit einem geflüsterten Gruß verschwand Alfred.

Turbo schaute ihm nach. „Und wir, Freunde, bleiben wir hier stehen und warten?“

Randy hob die Schultern. Seinem Gesicht war anzusehen, daß es ihm nicht schmeckte.

„Vielleicht sollten wir...“ Turbo kam nicht mehr dazu, seinen Vorschlag auszusprechen, denn Ela zischelte ihm zu:

„Sei mal ruhig, ich habe was gehört.“

„Was denn?“

Sie zog ein unwilliges Gesicht, legte den Finger auf ihre Lippen und bewegte sich leise auf die Garage zu. Turbo und Randy blieben zurück. Sie sahen, wie Ela vor der Tür stehenblieb und den Kopf schief legte. Dann winkte sie. Rasch waren sie bei ihr. „Hört ihr das Rauschen auch?“ hauchte das Mädchen.

„Ja, jetzt...“

Sie hob einen Arm. „Das ist oben, vielleicht in der ersten Etage oder so.“

„Was kann das bedeuten?“

„Wasser, Turbo. Ich glaube, da läuft Wasser. Und jemand hat ein Fenster geöffnet.“

„Das müßte doch herauszufinden sein“, murmelte Randy. Sein Blick glitt an der Garagenfront hoch. „Wenn wir eine Leiter hätten, könnten wir auf das Dach klettern.“

„Die Leiter ist da!“ sagte Turbo. Er faltete bereits seine Hände zusammen, damit einer von ihnen in diese „Sprosse“ steigen konnte. Das tat Ela. Bevor noch jemand protestieren konnte, war sie auf das Garagendach geklettert.

„Los, kommt mir nach.“

„Und ob.“ Diesmal zog sich Randy hoch. Dann legte er sich auf den Bauch und streckte seinen Arm über die Kante hinweg, um Turbo heraufzuhelfen. Der umfaßte Randys Hand, stützte sich mit den Füßen seitlich neben der Tür ab und landete ebenfalls sicher auf dem Dach.

„Geschafft!“ grinste er.

Ela lachte leise. „Wenn das Alfred wüßte, der würde direkt durchdrehen.“ Sie schaute über das Dach hinweg in den Garten, wo sie Alfred allerdings nicht entdecken konnte.

Dafür hörten sie das Rauschen lauter. Es drang aus einem offenstehenden Fenster schräg über ihnen.

„Da duscht jemand“, sagte Randy.

„Sollen wir ihn überraschen?“ Turbo konnte sich ein Grinsen nicht verkneifen.

„Wäre nicht schlecht.“

Das Fenster lag ziemlich günstig und auch nicht zu hoch. Da sich die Garage als seitlicher Anbau noch um das Haus herumwand, konnten sie sich unter das offene Fenster stellen, ohne entdeckt zu werden. Es kam ihnen wirklich gelegen, daß die große Garage nicht allein als Abstellplatz für Fahrzeuge diente.

Unter dem Fenster duckten sich die Freunde zusammen. Noch hatte keiner von ihnen einen Blick riskiert, sie mußten erst ihr weiteres Vorgehen besprechen.

„Wer geht zuerst?“ fragte Ela.

„Du nicht“, gab Randy leise zurück. „Das ist eine Sache für Turbo und mich.“

„Ich bin ebenso gut wie ihr. Wir können losen.“

Das taten sie auch. Ela war sauer, daß sie das längste Streichholz zog und ausschied. Es gewann Randy.

„Benimm dich aber“, sagte Ela. „Schließlich steigst du in fremder Leute Dusche.“

„Und halte du nach Alfred Ausschau. Der kann ruhig heraufklettern.“

„Mach ich.“

Randy richtete sich vorsichtig auf und peilte über die Fensterbank hinweg.

„O sole mio...“ Jetzt trällerte jemand noch ein neapolitanisches Volkslied. Der Stimme nach zu urteilen, konnte das nur der dicke Aldo sein. Richtig. Aldo hatte seinen massigen Körper in eine Duschkabine geklemmt, die links von Randy lag. Er sah den Dicken schattenhaft dahinter.

Das Bad selbst war ziemlich geräumig, selbst für die oval geformte Zweierbadewanne war noch genügend Platz vorhanden. Die Kacheln an den Wänden schimmerten in einem sanften Grün und waren mit einem Pflanzenmotiv gemustert.

Randy kletterte leise in den Raum. Der dicke Aldo sang nicht mehr. Er hatte die Dusche wieder eingestellt und ließ sich weiter berieseln. Randy winkte Turbo zu, ebenfalls zu kommen. Er selbst ging tiefer in den Raum hinein. Auf einem Hocker lag die Kleidung des Dicken. Er hatte sich schon frische Sachen herausgelegt.

Randy schnappte sie sich und warf sie kurzerhand aus dem Fenster. Aldo hatte ihn noch immer nicht gesehen. Er stand auch so, daß er ihnen seinen speckigen Rücken zudrehte.

Turbo und Randy hockten sich auf den Rand der Badewanne. Sie brauchten nur abzuwarten, bis Aldo fertig war und die Dusche verlassen wollte. Auf das Gesicht freuten sie sich jetzt schon. Eine Waffe hatte Randy nicht im Bad gesehen.

Elas Gesicht erschien am Fenster. „Ich habe Alfred noch nicht entdecken können.“

„Dann paß weiter auf.“

„Ja, okay.“ Sie verschwand wieder. Gerade rechtzeitig, denn der dicke Aldo drehte die Dusche ab.

Still wurde es trotzdem nicht. Aus der Kabine war ein Ächzen und Schnaufen zu hören. Mit einem heftigen Ruck schob er die bewegliche Wand zur Seite und angelte mit der Hand nach

einem Frotteetuch. Noch in der Dusche band er es um seine Hüften. Mit einem zweiten Handtuch wollte er den Kopf und seinen Oberkörper trockenreiben. Erst jetzt war er zufrieden, hob ein Bein an und stieg aus der Duschkabine.

So einen dicken Mann hatte Randy noch nie gesehen.

„Wie die Sumo-Ringer in Japan!“ hauchte Turbo und verzog die Lippen, als sich Aldo drehte.

Er bewegte sich schwerfällig, und ebenso schwerfällig arbeitete sein Gehirn. Seine Haare waren noch naß, Wassertropfen rannen in kleinen Bächen über sein Gesicht. Er zwinkerte mit den Augen, schaute in den Raum hinein – und blieb plötzlich in einer leicht geduckten Haltung stehen, als er die Jungen entdeckte.

„Guten Abend, Dicker!“ sagte Randy...

Aldo wußte nicht, was er machen sollte. Er bot einen Anblick, über den man nur lachen konnte. Das Gesicht wirkte wie ein immer blasser werdender Teig. Die Unterlippe begann zu zittern, aus seinem Mund drang ein zischendes Geräusch, dann ächzte er auf und fragte: „Seid ihr Gespenster?“

„Nein, wir sind echt.“

„Wie... wie kommt ihr hier herein?“

Turbo deutete auf das Fenster. „Wir konnten der Einladung nicht widerstehen.“

Aldo holte tief Luft. Der plötzliche Schock hatte auf seinem Körper eine Gänsehaut hinterlassen, die jetzt allmählich verschwand. Er hatte sich wieder gefangen.

Das merkten auch die Jungen. Unwillkürlich spannten sich ihre Muskeln. „Wir sind nicht allein“, sagte Randy noch. „Nur zu Ihrer Information.“

„Wer ist noch da?“

Randy hob die Schultern. „Das habe ich doch glatt vergessen, Dicker.“

Aldo ballte die rechte Hand zu einer klumpigen Faust. „Jetzt möchte ich von euch wissen, wo meine Kleidung ist.“

Turbo zeigte auf das Fenster. „Draußen.“

Aldo begriff nicht sofort. „Wie?“

„Wir haben sie nach draußen geworfen."

Er sah aus, als würde er kein Wort glauben. Aber er lief gleichzeitig rot an. „Das habt ihr nicht umsonst getan, ihr verdammten Bengel. Jetzt werde ich euch in die Mangel nehmen und ein wenig Bud Spencer spielen. Habt ihr mal gesehen, was der mit Typen wie euch anstellt?"

„Ja", sagte Randy, „aber Spencer ist längst nicht so dick wie Sie, Meister."

Aldo schüttelte sich. „Wenn ich mit euch fertig bin, erkennt ihr euch nicht mehr wieder." Er nickte zur Bestätigung seiner Worte und walzte auf die Freunde zu.

Randy und Turbo hockten längst nicht mehr auf dem Wannenrand. Sie waren aufgestanden und wunderten sich eigentlich darüber, daß Melli noch nicht erschienen war.

Aber zunächst mußten sie erst einmal mit dem Dicken fertig werden. Bei jedem Schritt, den dieser setzte, gerieten die Speckmassen in Bewegung. Da gab es keine Stelle, die nicht schaukelte oder wabbelte, selbst seine Wangen zitterten wie Pudding. Die nassen Haare sahen aus, als hätte jemand Öl auf seinen Kugelkopf gegossen.

„Wer will zuerst?" fragte Aldo. „Wem soll ich zuerst den Kopf nach hinten drehen?"

„Mir", erwiderte eine Stimme vom Fenster her.

Die Stimme gehörte Alfred!

Wieder war Aldo überrascht worden. Er blieb zwei Schritte vor den Freunden stehen. Sein Gesicht nahm einen Ausdruck an, als hätte er Zitronensaft geschluckt. Er zog die Nase hoch, sah, daß die Jungen grinsten und drehte sich schwerfällig um.

Alfred lehnte lässig neben dem Fenster an der Wand. Ela stand dicht hinter ihm.

„Hallo, Dicker", sagte der Mann mit dem Oberlippenbart. „Heiß geduscht und kalt erwischt, wie?"

„Du auch?" keuchte Aldo.

„Ja." Alfred grinste. „Weißt du, es ist so. Wir haben uns so an euch gewöhnt, daß wir einfach nicht anders konnten. Wir mußten euch nachfahren und haben euch auch gefunden. Toll, nicht?"

„Was willst du?“
„Eine Auskunft.“
„Was noch?“
„Dich hinter Gittern sehen, Dicker.“
„Bist du lebensmüde?“
„Auch nicht. Ich will nur wissen, wo deine beiden anderen Freunde hingefahren sind.“
„Wer denn?“
„Rede, Dicker!“
„Ich weiß nichts.“
„Hm.“ Alfred nickte, drehte sich um und schloß das Fenster.
„Was soll das denn?“
„Laß uns nach unten gehen. Hier ist es mir zu ungemütlich.“
„Und meine Kleidung?“
„Kannst du dir irgendwann vom Dach angeln, Dicker.“
Aldo stieß wütende Flüche aus und versprach Alfred die Hölle auf Erden. Randy hatte mittlerweile die Badezimmertür geöffnet, damit Aldo den Raum verlassen konnte.
„Wenn du nach dem Fischgesicht schreist, setzt es Hiebe!“ warnte Alfred.
„Der schläft.“
„Wie schön.“ Alfred klatschte mit der flachen Hand auf den speckigen Rücken. „Dann bring uns mal nach unten in euren tollen Wohnraum.“
Aldo ging vor. Die Holztreppe stöhnte unter seinem Gewicht auf. „Wo liegt dein Kumpan?“
Der Dicke enthielt sich einer Antwort.
„Ich schau mal in den anderen Räumen nach.“ Ela war blitzschnell verschwunden, und sie hatte das Glück des Tüchtigen. Melli lag in einem Bett und schlief so fest, als hätte man ihn mit einem Schlag in eine tiefe Ohnmacht geschickt.
„Es bleibt uns Aldo“, sagte Alfred. „Innerhalb der nächsten zwei Minuten möchte ich wissen, wo deine beiden Kumpane hingefahren sind, Meister. Wenn du nicht redest, gebe ich der Polizei einen Tip. Die freut sich über Typen wie dich. Ob sich deine Bosse auch noch freuen, wage ich zu bezweifeln. Ich habe mir sagen lassen, daß die Mafia nicht gerade zimperlich mit

Versagern aus den eigenen Reihen umgeht. Mach lieber deinen Mund auf, Dicker."

Alfreds Worte waren bei dem Mafioso auf fruchtbaren Boden gefallen. Aldo wußte, wie die Ehrenwerte Gesellschaft mit Versagern umging, das stimmte schon.

„Und wenn ich rede?" fragte er nach einer Weile.

„Könnte man für dich ein gutes Wort einlegen."

Der Dicke knetete sein Kinn. Er bewegte seinen Mund, rollte mit den Augen und wußte nicht, was er sagen sollte.

„Mach den Mund auf, Dicker!"

Aldo nickte. „Es ist gut – *si*, ich werde reden. Sie sind zum Bahnhof gefahren."

„Nach Düsseldorf?"

„*Si*."

„Und weiter?"

„Da wollen sie Geld holen. Zweitausend Mark. Saracelli soll es ihnen bringen."

Alfred erbleichte. Auch die Freunde schauten sich erstaunt an. „Das will er tatsächlich tun?"

„Carlotti hat es gesagt."

„Wer ist das?"

„Unser Chef, der *Capo*." Über den halbnackten Körper rann eine Gänsehaut. „Er und Luigi sind gefahren. Mehr weiß ich auch nicht."

„Der Bahnhof ist groß. Sie haben bestimmt einen Treffpunkt ausgemacht, nicht wahr?"

„Bahnsteig vier", flüsterte Aldo, wobei er seine Augen verdrehte und zur Decke schaute.

„Wunderbar, Dicker." Alfred schlug ihm auf die runde Schulter. „Du hast mich nicht enttäuscht, du bist wirklich vernünftig geworden. Bravo."

„Geh zum Teufel."

„Nach dir."

Randy wandte sich an Alfred. „Sollten wir nicht bei den Saracellis anrufen und nachfragen, ob es stimmt?"

Alfred dachte kurz nach. „Ja, die Idee ist nicht schlecht. Willst du das übernehmen?"

„Klar doch."

Alfred winkte Turbo herbei. „So, wir kümmern uns um unsere beiden Freunde."

„Und was mache ich?" beschwerte sich Ela.

Randy stand schon am Telefon und blätterte in dem gelben Buch. „Was du immer machst, Ela. Ein dummes Gesicht."

„Schau mal selbst in den Spiegel, Frankenstein."

Randy lachte leise, dann tippte er die Nummer ein. Alfred, Turbo und der Dicke verschwanden aus dem Raum. Randy hörte Aldo noch protestieren, was ihn nicht weiter störte.

Franco meldete sich. Seine Stimme klang gehetzt. Es hörte sich an, als hätte er geweint.

„Hier Randy, wie..."

„Ach du. Meine Güte..."

„Trifft sich dein Vater heute mit den Gangstern? Stimmt das?"

Franco gab ein undefinierbares Geräusch von sich. „Wieso fragst du das denn?"

„Man hat so seine Quellen. Ich wollte nur wissen, ob es tatsächlich stimmt?"

„Er ist weggegangen. Soviel weiß ich."

„Gut, dann bleib zu Hause."

„Was ist denn mit euch?"

„Wir reden später noch." Randy legte hastig auf. Er wollte jetzt keine langen Erklärungen abgeben.

Ela schaute auf die Uhr. „Hoffentlich kommen wir nicht zu spät. Oder hast du etwas von einer Uhrzeit gehört?"

„Das hat Alfred vergessen zu fragen. Ich gehe zu ihm." Randy hatte es plötzlich eilig, und auch Ela folgte ihm dicht auf den Fersen.

Im Schlafzimmer bot sich ihnen ein Bild zum Lachen. Da lagen die beiden Mafiosi nebeneinander im Bett. Das Fischgesicht war nun erwacht und glotzte dumm aus der Wäsche.

Alfred hatte immer ein paar Tricks in der Hinterhand. In diesem Fall reichte ihm eine Acht aus, um beide Mafiosi außer Gefecht zu setzen. Die Acht bestand aus Stahl und trug einen anderen Namen.

Handschellen!

Soeben hatte er das eine Rund um den Arm des Dicken schließen können. Der zweite Teil umfaßte Mellis Fuß. Das Fischgesicht hatte vor Wut und Zorn einen roten Kopf bekommen. Er sah aus, als würde er jeden Augenblick platzen.

„Alfred, frag sie mal, wann sie sich auf dem Bahnsteig treffen wollen."

„Gut, Randy, gut. Also Dicker..."

„Sag nichts!" kreischte Melli. „Sei nicht blöde."

Alfred schüttelte den Kopf. „Es wäre blöde, wenn er seinen Mund hält, mein Freund."

„Um Mitternacht!"

„Verräter!" keuchte Melli.

Gleichzeitig schauten sie auf die Uhren. Es war noch eine halbe Stunde Zeit.

„Das wird knapp, fürchte ich", sagte Ela, „wenn wir uns nicht beeilen."

„Und ob wir uns beeilen", erwiderte Alfred. „Los, Freunde, nehmt die Beine in die Hand..."

10. Gefährliches Treffen

Nach dem Um- und Neubau war der Düsseldorfer Bahnhof zu einem Vorzeigeobjekt geworden. Er erinnerte mehr an einen Flughafen, doch was tagsüber so ungemein anziehend und lebendig wirkte, war in der Nacht kalt und tot.

Nur wenige Menschen hielten sich im Bereich des Bahnhofs auf. Stadtstreicher waren darunter, die in den Ecken hockten und sich auf eine lange Nacht vorbereiteten.

Die Bahnpolizei patrouillierte wie üblich und hatte ihr waches Auge überall.

Von seiner Umgebung sah Leonardo Saracelli so gut wie nichts. Mit gesenktem Kopf hastete er durch die Halle. Das Geld befand sich in einer schmalen Ledertasche, die er unter seinen rechten Arm geklemmt hatte.

Bahnsteig vier, hatte man ihm gesagt. Er konnte an nichts anderes denken.

Am Ende der Halle blieb er stehen. Sein Blick glitt hoch zu der großen Normaluhr. Noch hatte er eine Viertelstunde Zeit. Lieber zu früh als zu spät.

Da die Rolltreppen standen, ging er die normalen Stufen hoch, um den Treffpunkt zu erreichen.

Fast leer lag der Bahnsteig vor ihm. Die Schienen glänzten wie poliert. Ein kühler Wind wehte durch die wie Schläuche angelegten Bahnsteige.

Einige Bänke luden Saracelli zum Sitzen ein. Er nahm auch Platz, stand aber nach wenigen Sekunden wieder auf. Er war einfach zu nervös, um sitzen zu bleiben.

Unruhig wie ein gefangener Tiger im Käfig schritt er auf und ab. Zwei Bahnsteige gegenüber standen mehrere Leute, die auf einen Zug warteten.

Eine Ansage kam, dann rollte schon die lange Schlange aus Metall und Glas ein. Reisende stiegen ein, andere aus. Für kurze Zeit herrschte Leben auf dem ansonsten leeren Bahnsteig, danach trat wieder die bedrückende Ruhe ein.

Obwohl es nicht gerade warm war, schwitzte Francos Vater. Er dachte an die nähere Zukunft und wie sie sich wohl gestalten würde. Es sah für ihn düster aus, das gab er zu. Sein Sohn hatte ja recht. Wenn die Mafia einmal Blut geleckt hatte, würde sie nicht mehr lockerlassen. Da waren sie eiskalt.

Vielleicht konnte er einen Aufschub herausholen. Er wollte ja zahlen, wenn es nicht anders ging, aber nicht so kurz hintereinander und nicht die großen Summen.

Der Uhrzeiger war unerbittlich. Er rückte immer näher an Mitternacht heran. Auf der Tafel war kein Zug für diesen Bahnsteig angezeigt. Es blieb ruhig.

Leonardo Saracelli kam sich einsam vor. Er fragte sich besorgt, ob er nicht auffiel oder irgendwelches Mißtrauen erregte.

Immer wieder blickte er sich um. Er schaute auch in die Treppenschächte hinein, niemand ließ sich dort blicken. Unruhig strich er über sein dunkles Haar. In seinem Magen lag ein dikker Klumpen. Die Augen brannten vom langen Starren. Wie einen kostbaren Schatz hielt er die Tasche mit dem Geld fest umklammert.

Auf dem Nebengleis rollte ein Zug ein. Es war ein Nahverkehrszug. Saracelli beobachtete die Wagen. Für kurze Zeit vergaß er, weshalb er auf diesem leeren Bahnsteig stand.

Bis er plötzlich angesprochen wurde, und zwar gerade in dem Moment, als der Zug abfuhr.

„Da sind Sie ja, *amico*!“

Saracelli erschrak. Der Mann hatte nicht laut gesprochen, eher sanft, dennoch mochte er die Stimme nicht. Hastig drehte sich Saracelli um – und starrte in das harte Gesicht eines ihm fremden Mannes.

Neben diesem stand Luigi, dessen Aktivitäten der Wirt schon in seinem Lokal erlebt hatte. Der Mann mit dem harten Gesicht grinste. Er war etwas größer als Luigi.

„Wer sind Sie?"

„Nennen Sie mich einfach Carlotti. Ich freue mich, daß wir uns endlich kennenlernen."

„Ich nicht."

„Kann ich mir denken." Carlotti deutete auf eine leere Bank. „Wollen wir uns nicht setzen?"

„Wozu?"

„Es verhandelt sich besser."

„Nein." Saracelli schüttelte den Kopf. „Ich habe mit Ihnen nichts zu verhandeln, Carlotti."

„Setzen!" Luigi stieß Saracelli in den Rücken, so daß er auf die Bank zutaumelte, wo Carlotti bereits Platz genommen hatte. Die Beine übereinandergeschlagen, gab sich der *Capo* sehr lässig.

„Sie machen es sich aber unnötig schwer!"

„Hier, das Geld." Der Wirt legte dem Mafioso die Aktentasche auf den Schoß.

„Danke." Carlotti lächelte und öffnete die Tasche. „Sie gestatten, daß ich nachzähle?"

„Machen Sie, was Sie wollen. Es stimmt."

Carlotti holte die Scheine hervor, nickte und ließ sie in seiner Jakettinnentasche verschwinden. „Damit wäre dieses Problem aus der Welt geschafft worden."

„Kann ich jetzt gehen?" Saracelli wollte aufstehen, doch Luigi legte ihm eine Hand auf die Schulter und drückte ihn zurück. „Nicht so eilig, *amico*, nicht so hastig. Wir haben Zeit, viel Zeit, denn wir wollen nicht, daß du nicht weißt, wie es weitergehen soll."

„Ach ja?"

„Genau."

„Sie haben das Geld!" zischte Saracelli. „Was wollen Sie denn noch, zum Henker?"

„Die Zukunft einrichten, Ihre Zukunft."

„Was haben Sie mit meiner Zukunft zu tun?"

Carlotti lächelte kalt. „Sehr viel, würde ich sagen. Wir wollen Sie schließlich beschützen. Es kann viel passieren in einem Restaurant. Damit Ihre Gäste in Ruhe essen und genießen können, sind wir als Schutzmacht da. Ist das nicht gut?"

„Nein, das sind die Methoden von Erpressern."

„Der Ausdruck ist sehr häßlich, *amico*. Wir sind Geschäftsleute, aber keine Erpresser. Wir werden Sie nicht erpressen, wir wollen nur mit Ihnen eine geschäftliche Verbindung eingehen, so wie wir es mit vielen Ihrer Kollegen getan haben."

„Ich weiß, die zahlen alle."

„Und geht es ihnen nicht gut? Haben Sie Klagen gehört?"

Saracelli wollte die passende Antwort geben, verschluckte sie aber, denn es tauchte jemand auf. Zwei Bahnpolizisten schlenderten über den Bahnsteig.

Sie schauten sich sehr genau um und gingen direkt auf die drei Männer zu.

„Halte jetzt ja dein Maul!" flüsterte Luigi. „Sonst gibt es hier Tote."

Carlotti lächelte die beiden Männer an und wünschte einen guten Abend. Die Polizisten blieben stehen und verlangten die Ausweispapiere.

„Aber gern!" sagte Carlotti. „Es muß ja alles seine Ordnung haben, nicht wahr?" Er reichte seinen Ausweis.

„Sie sind Italiener?"

„*Si*."

„Haben Sie eine Aufenthaltsgenehmigung?"

„Die habe ich nicht mit."

„Schon gut." Er bekam den Ausweis zurück.

Auch Luigi gab seinen ab, wurde überprüft und bekam das Dokument zurück.

„Und Sie, Herr..."

Saracelli schüttelte den Kopf. „Tut mir leid, ich... ich habe keinen bei mir. Muß man das denn?"

„Ja, es wäre besser."

Der Wirt hob die Schultern.

„Sie warten hier nicht auf einen Zug, wie ich annehme?"

„Nein."

„Dann wird es Ihnen sicherlich nichts ausmachen, mit uns zu kommen, damit wir ihre Angaben überprüfen können."

Saracelli schaute Carlotti an, der leise lachte. „Natürlich, gehen Sie mit. Der Polizei muß man gehorchen."

„Ja, aber..."

„Kein aber, mein Lieber." Carlotti legte ihm eine Hand auf den Arm. „Sie werden gehen. Was wir zu besprechen haben, können wir auch verschieben."

Leonardo Saracelli fühlte sich unsicher. Er zitterte leicht. Seine innere Stimme sagte ihm, daß hier etwas falsch lief und die Ausweiskontrolle nicht so normal war.

Auch Luigi schien etwas bemerkt zu haben. Sein Gesicht hatte sich verzogen und einen lauernden Ausdruck bekommen.

„Bitte, mein Herr."

„Natürlich." Er stand auf. Das Hemd klebte ihm am Rücken fest. Noch einen letzten Blick warf Saracelli auf die beiden Mafiosi, dann setzte er sich in Bewegung.

Die beiden Beamten hatten ihn in die Mitte genommen. Er fühlte sich zwar nicht gerade wie ein Verbrecher behandelt, kam sich aber dennoch irgendwie abgeführt vor.

Noch einmal schaute er zurück. Die beiden Mafiosi waren auf der Bank hocken geblieben und starrten ihm aus schmalen Augen nach.

„Keine Sorge, Herr Saracelli, es wird Ihnen nichts geschehen. Wir wollten Sie nur in Sicherheit bringen."

Die Worte des Polizisten überraschten ihn. Er wollte stehenbleiben, wurde jedoch weitergeschoben und hatte schon fast den Treppenaufgang erreicht.

„Sie... Sie kennen mich?"

„Ja, es ist alles in Ordnung. Sie brauchen sich keine Sorgen zu machen. Kommen Sie weiter."

„Aber..."

„Bitte."

Saracelli schüttelte den Kopf. Er betrat die erste Stufe und ging die Treppe hinab, flankiert von den Beamten der Bahnpolizei. Er war tatsächlich durcheinander und preßte die Tasche unwillkürlich enger an sich.

Wieso wußten die Polizisten Bescheid? Franco hatte ihnen nichts verraten können, er war nicht eingeweiht gewesen.

Hätte er zurückgeblickt, wäre ihm einiges klar geworden, so aber schaute er nur nach unten auf die Stufen, die manchmal vor seinen Augen verschwammen.

Die beiden Mafiosi saßen noch immer auf der Bank. Sie redeten leise miteinander, wobei Luigi der Meinung war, daß hier einiges nicht stimmte.

Auch Carlotti war beunruhigt. „Das war nicht echt."

„Wer könnte uns verraten haben?"

„Die vielleicht?" erkundigte sich der *Capo*. Er hatte nach links geschaut, wo plötzlich drei Gestalten aufgetaucht waren und die eine Hälfte der Bahnsteigbreite einnahmen.

Es war das Schloß-Trio!

Luigi wurde starr. Als er ausatmete, glich das mehr einem Stöhnen. „Die kenne ich, die waren im Lokal bei Saracelli."

„Das ist eine Falle!" Carlotti stand auf. „Der hat uns reingelegt. Der verdammte Pizza-Bäcker..."

„Hat euch nicht verraten!" hörten die Mafiosi hinter sich eine Männerstimme sagen.

Aus dem Schatten eines Fahrplanständers hatte sich ein dunkelhaariger Mann gelöst. Alfred!

„Es stimmt!" Alfred nickte dem *Capo* zu. „Saracelli hat den Mund gehalten. Aber es gab andere Wege, um herauszufinden, was sich hier um Mitternacht abspielen würde. Jetzt sind wir da, und Saracelli ist verschwunden."

„Wer sind Sie?" fragte Carlotti.

„Einer, der es gut mit den Schwachen meint und Aasgeier nun mal nicht ausstehen kann. Besonders dann nicht, wenn sie sich Mafiosi oder Beschützer nennen, in Wirklichkeit aber nur miese Erpresser sind. Ja, so sieht die Lage aus. Noch etwas", sagte Alfred. „Ich glaube, daß Sie mir etwas zu überreichen haben."

„Ich?" fragte Carlotti erstaunt.

„Ja. Die zweitausend Mark. Sie waren nur geliehen, wenn Sie verstehen, mein Herr."

„Irrtum, die hat mir Saracelli geschenkt."
„Der Polizei hat er etwas anderes gesagt. Am besten wäre es, wenn Sie mitkommen. Wir können dann im Büro der Bahnpolizei alles regeln."
Die Mafiosi rührten sich beide nicht, und Alfred hob die Schultern. „Was ist denn? Wollen Sie nicht?"
„Hau ab!" flüsterte Luigi. „Hau ja ab, wenn dir dein Leben lieb ist. Bring mich nicht in Wut!"
Er kam auf Alfred zu. Auch Carlotti konnte sich nicht mehr zurückhalten. Luigi hatte die Nerven verloren.
Plötzlich blieb er stehen und griff in die Tasche, wo seine Waffe steckte.
Carlotti nutzte die Verwirrung. Er drehte sich um und wollte in die andere Richtung laufen.
Dort aber warteten schon Randy, Turbo und Ela!

11. Das Ende der Mafiosi

Der *Capo* hatte mit dem Schloß-Trio noch keine nähere Bekanntschaft gemacht. Er rechnete damit, die drei mit einem Schlag aus dem Weg schleudern zu können. Und so nahm er die vermeintlich schwächste Person aufs Korn, Ela Schröder.
Wie ein Torpedo jagte er auf das Mädchen zu. Mit der rechten Faust wollte er sie zur Seite schleudern, als Randy eingriff.
Blitzschnell hatte er einen der Abfalleimer aus der Halterung gezogen. Er kickte ihn Carlotti entgegen. Der Eimer rollte dem Mafioso genau vor die Füße.
Es krachte, es schepperte, Carlotti heulte wie ein Schloßhund und legte eine perfekte Bauchlandung hin. Er rutschte bis

in Turbos Nähe, wollte sich an ihm hochziehen, aber Turbo stieß ihn hart zurück. Und jetzt kam Ela, die den Mann, der noch immer überrascht war, blitzschnell packte und ihn mit einem gezielten Judogriff über die Schulter hebelte. Es war keine Matte da, die den Fall dämpfte, nur das harte Pflaster. Und so etwas vertrug Carlottis Gesicht nicht.

Er schrie und schrie noch immer, als die Bahnpolizisten auftauchten und ihm Handschellen anlegten.

Luigi hatte es Alfred nicht so einfach gemacht. Es war ihm tatsächlich gelungen, das Schießeisen zu ziehen. Eine sehr schwere Waffe.

Alfred reagierte schnell und sprang vor.

Bevor der Mafioso abdrücken konnte, prallten die beiden Männer zusammen. Alfred hatte seinen rechten Ellbogen hochgerissen und Luigi unter dem Kinn getroffen.

Der Mafioso gab ein Geräusch von sich, als blubbere Wasser durch ein Abflußrohr. Das Blut wich aus seinem Gesicht, die Augen nahmen einen leicht glasigen Ausdruck an, und er taumelte mit unsicheren Schritten zurück.

Alfred schlug noch einmal zu. Diesmal traf er das rechte Handgelenk des Gangsters.

Die schwere Schußwaffe fiel zu Boden und blieb für Luigi unerreichbar.

Wie ein Betrunkener aus einem Witzblatt wirkte er. Es war schon fast ein Wunder, daß er sich noch auf den Beinen halten konnte. Bevor er fiel, waren die netten, hilfreichen Menschen da, die ihn stützten. Männer in Uniformen – Polizisten.

Bevor Luigi sich versah, waren auch seine Handgelenke mit einer stählernen Acht verziert.

Alfred nickte ihm zu. „So, mein Freund, die nächste Vorspeise wirst du hinter Gittern bekommen."

Luigi sagte nichts. Er wurde abgeführt, ebenso wie Carlotti, der Alfred überhaupt nicht zur Kenntnis nehmen wollte und stur an ihm vorbeischaute.

„Moment noch." Alfred streckte seinen Arm aus und klopfte mit der Hand auf Carlottis Brust. „Sie haben da etwas, das Ihnen nicht gehört, Meister. Wo ist das Geld?"

„In meiner Tasche."

Alfred holte die Scheine hervor und nickte den Polizisten zu. „Jetzt könnt ihr ihn abführen."

„Gut."

Randy, Turbo, Ela und Alfred blieben noch zurück. Sie grinsten, lachten, zwinkerten sich zu.

„Das haben wir mal wieder gepackt", sagte Ela. „Was einem alles passieren kann, wenn man zum Essen eingeladen wird."

„Ist dir denn der Appetit vergangen?" erkundigte sich Alfred.

„Wo denkst du hin. Da bin ich wie Turbo. Ich habe nur einmal Hunger, und das ist immer."

Noch vom Bahnhof aus hatte Alfred Frau Ritter angerufen und ihr erklärt, daß sie sich keine Sorgen zu machen brauchte, auch wenn es etwas später werden würde.

Ein Donnerwetter allerdings würde sich nicht vermeiden lassen, das erklärte Alfred auch den Freunden.

„Und was ist mit meinen Eltern?" fragte Ela.

„Frau Ritter ruft bei euch an."

„Na, ein Glück."

Etwas verlegen stand Herr Saracelli neben der Gruppe und wußte nicht, was er sagen sollte. Die Bahnpolizisten hatten Kaffee spendiert, den er langsam trank. „Ich habe mich irgendwie feige benommen", sagte er schließlich. „Ja, richtig feige . . ."

„Nein!" wiedersprach Alfred. „Es war nicht feige. Sie haben eben an Ihre Familie gedacht."

„In der Tat. Aber wie geht es weiter? Sie werden wiederkommen."

Alfred schüttelte den Kopf. „Die nicht mehr. Wenn sich herumgesprochen hat, was geschehen ist, werden sicherlich auch viele Ihrer Kollegen ihr Schweigen brechen."

„Das will ich auch hoffen." Er schaute auf die Uhr. „Mein Gott, ich müßte bei Franco anrufen."

„Sollen wir nicht hinfahren?" schlug Randy vor. „Der kleine Umweg ist doch nicht schlimm."

Ela und Turbo nickten. Auch Alfred hatte nichts dagegen einzuwenden. So kam es, daß die Freunde nach Mitternacht noch ihren Schulkameraden trafen, der kaum glauben konnte, daß alles gut ausgegangen war, und immer nur den Kopf schüttelte.

„Und ihr habt sie wirklich in die Flucht geschlagen?" fragte er wieder und wieder.

„Nein, in die Arme der Polizei."

„Das kommt auf eins raus."

Alfred drängte. „Los, Kinder, wir wollen hier nicht übernachten. Ich fahre erst bei Ela vorbei, dann zum Schloß."

Es gab keinen Widerspruch.

Leonardo Saracelli brachte das Schloß-Trio und Alfred noch bis zur Tür. „Ich weiß nicht, wie ich Ihnen danken soll, aber..."

„Ich weiß es!" platzte Ela hervor.

„Und wie?"

„Indem Sie immer so weiterkochen."

„Darauf könnt ihr euch verlassen." Herr Saracelli strahlte plötzlich. „Mir ist da gerade etwas eingefallen."

„Und was?"

„Das, liebe Ela, wirst du in den nächsten Tagen noch erfahren..."

Genau eine Woche später!

Geschlossene Gesellschaft – so lautete die Aufschrift auf dem Schild, das vor der Eingangstür des Restaurants hing. Passanten, die vorbeigingen, wunderten sich über die Lautstärke der Gäste. Da wurde geklatscht, gesungen und jedes neu aufgetragene Gericht mit großem Beifall begrüßt. In der Küche hatten die Köche und Helfer alle Hände voll zu tun, um die hungrigen Mäuler zu stopfen.

Das waren nicht gerade wenige, denn Herr Saracelli hatte zur Feier des Tages die Klassenkameraden seines Sohnes eingeladen. Natürlich waren alle gekommen, nebst den beiden Ehrengästen.

Seimen Ägastes und Alfred.

Die beiden hockten zusammen, umgeben von Randy, Ela

und Turbo. An der Schule hatte es sich blitzschnell herumgesprochen, wie sich der Lehrer den Schlägern in den Weg gestellt hatte. Das Schloß-Trio konnte die Geschichte nicht oft genug erzählen.

Aber an diesem Abend feierten sie, und alle aßen um die Wette.

Besonders beim Nachtisch konnte sich Turbo kaum zurückhalten, da schlug er gleich zweimal zu. Und doch war Herr Saracelli fast beleidigt, daß er sich keine dritte Portion nahm.

„Du mußt tüchtig essen, Junge. Oder schmeckt es dir nicht?"

„Und wie!"

„Dann ran."

„Na los, Turbo!" hetzte Ela. „Laß dich doch von einem Lehrer nicht fertigmachen."

„Ja, ja!" rief Herr Augustus leutselig. „Mir können Sie noch eine Portion bringen."

„Gerne." Leonardo Saracelli hatte seinen Spezial-Eisbecher vorbereitet. Er schmeckte super, denn er enthielt nicht nur Eis, sondern auch tolle Früchte, übergossen mit Himbeerpüree.

Als Ela Schröder den Becher sah, bestellte sie auch einen. Erst jetzt war Herr Saracelli zufrieden.

Randy, der zur Toilette wollte, traf auf halbem Weg Franco. Er hatte sich an diesem Abend hinter die Theke gestellt und glühte vor Eifer. Randy blieb stehen.

„Alles klar, Franco?"

„Und wie."

„Was sagt denn dein Vater?"

„Er kann endlich wieder ruhig schlafen. Die letzten Wochen waren schlimm für ihn gewesen."

„Das kann ich mir denken. Und wie war das mit dem Aufräumen?"

„Es ist ja nicht soviel zerbrochen. Die Kühltheke haben wir gestern noch hinbekommen."

„Stark."

„Willst du was trinken?"

„Nein, das Gegenteil ist der Fall."

Als Randy von der Toilette zurückkam, wunderte er sich

über die Stille im Lokal. Augenblicklich überkam ihn ein ungutes Gefühl. Waren andere Mafiosi gekommen?

Nein, Ela hielt mal wieder Hof. „Hört zu, Leute, was Turbo und mir eingefallen ist. Herr Saracelli fragte uns, ob er noch etwas Neues kreieren sollte und ob wir eine Idee hätten. Ich wüßte schon was. Auf der nächsten Speisekarte steht ein neuer Nachtisch. Eisbecher *Seimen Ägastes*. Na, ist das was?“

Der Beifall wurde zum Orkan. Jeder war dafür. Nur derjenige, den es anging, hockte am Tisch, schüttelte den Kopf und hatte trotzdem Mühe, ein Lachen zu verbeißen...

TKKG – die erfolgreichste Jugendbuchreihe von Pelikan mit über 7 000 000 verkauften Büchern – gehört heute zu den beliebtesten deutschsprachigen Jugendbuchserien überhaupt. TKKG – das sind die vier Anfangsbuchstaben der Titelhelden: Tim, Karl, Klößchen und Gaby – eine verschworene Gemeinschaft gegen das Unrecht. Auch bekannt durch die Fernsehserie im ZDF.

Stefan Wolf
Sklaven für Wutawia
Gauner mit der 'Goldenen Hand'
Jubiläums-Doppelband
ein Fall für TKKG
Ein Jugendbuch von Pelikan

Bisher erschienen sind:

1 Die Jagd nach den Millionendieben
2 Der blinde Hellseher
3 Das leere Grab im Moor
4 Das Paket mit dem Totenkopf
5 Das Phantom auf dem Feuerstuhl
6 Angst in der 9a
7 Rätsel um die alte Villa
8 Auf der Spur der Vogeljäger
9 Abenteuer im Ferienlager
10 Alarm im Zirkus Sarani
11 Die Falschmünzer vom Mäuseweg
12 Nachts, wenn der Feuerteufel kommt
13 Die Bettelmönche aus Atlantis
14 Der Schlangenmensch
15 UFOS in Bad Finkenstein
16 X 7 antwortet nicht
17 Die Doppelgängerin
18 Hexenjagd in Lerchenbach
19 Der Schatz in der Drachenhöhle
20 Das Geheimnis der chinesischen Vase
21 Die Rache des Bombenlegers
22 In den Klauen des Tigers
23 Kampf der Spione
24 Gefährliche Diamanten
25 Die Stunde der schwarzen Maske
26 Das Geiseldrama
27 Banditen im Palast-Hotel
28 Verrat im Höllental
29 Hundediebe kennen keine Gnade
30 Die Mafia kommt zur Geisterstunde
31 Entführung in der Mondscheingasse
32 Die weiße Schmuggler-Jacht
33 Gefangen in der Schreckenskammer
34 Anschlag auf den Silberpfeil
35 Um Mitternacht am schwarzen Fluß
36 Unternehmen Grüne Hölle
37 Hotel in Flammen
38 Todesfracht im Jaguar
39 Bestien in der Finsternis
40 Bombe (Haie) an Bord
41 Spion auf der Flucht
42 Gangster auf der Gartenparty
43 Überfall im Hafen
44 Todesgruß vom Gelben Drachen
45 Der Mörder aus dem Schauerwald
46 Jagt das rote Geister-Auto
47 Der Teufel vom Waiga-See
48 Im Schatten des Dämons
49 Schwarze Pest aus Indien
50 Sklaven für Wutawia/ Gauner mit der „Goldenen Hand"

Hol' sie Dir!

Bei Deinem Pelikan-Fachhändler.

Jugendbücher von Pelikan

Das Schloß-Trio, das sind Randy Ritter, sein japanischer Brieffreund „Turbo" und Ela. Ausgangspunkt vieler ihrer aufregenden Abenteuer ist ein altes Schloß am Rhein, das Titelheld Randy mit seinen Eltern bewohnt. – Viele spannende Abenteuer werden das Schloß-Trio und Butler Alfred bestehen müssen.

Bisher erschienen sind:

1 Das japanische Schwert
2 Falschgeld auf der Geisterbahn
3 Gefährliche Agentenfracht
4 Die Mumie aus Kairo
5 Schreckensnacht im Landschulheim
6 Der Unheimliche mit der Goldmaske
7 Der Jenseits-Express
8 Geheimplan Lemuria
9 Alarm auf dem Reiterhof
10 Der Alptraumzirkus

Jugendbücher von Pelikan

Außer Treffpunkt Krimi sind noch erschienen:

- Treffpunkt Mädchen
- Treffpunkt Comic
- Treffpunkt Spaß
- Treffpunkt Wissen

Die folgenden Treffpunkt-Krimis gibt es zum Taschengeldpreis:

- Wilddiebe im Teufelsmoor
- Wer raubte das Millionenpferd?
- Vampir der Autobahn
- Die Nacht des Überfalls
- Das Geschenk der Bösen
- Der letzte Schuß
- Die Gift-Party
- Terror aus dem „Pulverfaß"
- Die Falle um Fuchsbach
- Hinterhalt im Eulenforst
- Rauschgift-Razzia im Internat

Hol' sie Dir!
Bei Deinem Pelikan-Fachhändler.

Jugendbücher von Pelikan 

Stefan Wolfs
Krimi-Magazin

AUSGESUCHT VON
TKKG-AUTOR
STEFAN WOLF

14 spannende
Geschichten

Ein Jugendbuch von Pelikan

14 spannende Geschichten auf 256 Seiten

Im ersten Band seines Krimi-Magazins versammelte Stefan Wolf besonders wohlklingende Namen für Krimikenner. Da ist sogar Sir Arthur Conan Doyle dabei, den jeder wohl als den Schöpfer des berühmten Sherlock Holmes kennt. Und es werden sich alle Stefan Wolf-Leser freuen, diesmal Dr. Watson gleich in zwei Geschichten zu begegnen. Zunächst geht es um die tragischen Verstrickungen von Isa Whitney, der dem Opium verfallen ist und schon seit 2 Tagen vermißt wird. Die zweite Geschichte beginnt mit: „Angst, Mr. Holmes. Nackte, Kalte Angst", die eine verstörte junge Frau in die Praxis treibt. Außerdem stellt Stefan Wolf auch Wolfgang Ecke mit seiner Geschichte „Ein Meisterschuß" und Hansjörg Martin, als Autor vieler Fernsehkrimis bekannt, mit der Geschichte „Wie bring ich meinen Pauker um?" vor. Da beschreibt Lorenz Mack ein „Millionenspiel am Abgrund" und Pierre Boillan und Thomas Narcejac die „Galgenfrist bis morgen früh".

Für seine eigene Lesergemeinde hält Stefan Wolf in seiner Sammlung eine brandneue TKKG-Geschichte bereit, die von „vertauschten" Gangstern handelt, und seinen neuesten Krimi um Tom und Locke: „Heiße Spur zu Fridolin".

Sozusagen als Zwischen-Mahlzeiten werden zudem vier kurze Rätsel-Krimis und ein ganzer Sack voll kniffeliger Knobeleien serviert. Klar, daß alle Lösungen am Ende des Buches nachzuschlagen sind, damit sich Nachwuchs-Detektive fortbilden und die Könner sich bestätigt finden können.

Echte Stefan Wolf-Spannung – überall da zu bekommen, wo es TKKG-Bücher gibt.

Jugendbücher von Pelikan